魅力新疆系列丛书

传奇新疆

黄适远 著

五洲传播出版社

图书在版编目（CIP）数据

传奇新疆 / 黄适远著. — 北京：五洲传播出版社，2013.6
（魅力新疆）
ISBN 978-7-5085-2518-1

Ⅰ.①传… Ⅱ.①黄… Ⅲ.①民间文学 – 介绍 – 新疆 ②民间艺术 – 介绍 – 新疆 Ⅳ.①I207.7②J12

中国版本图书馆CIP数据核字(2013)第099389号

传奇新疆

著　　者：	黄适远
审　　读：	艾力提·沙力也夫
图片提供：	新疆维吾尔自治区新闻办公室　付　平　韩连赟　黄适远
责任编辑：	宋博雅
封面设计：	丰饶文化传播有限责任公司
内文设计：	北京优品地带文化发展有限公司
出版发行：	五洲传播出版社
社　　址：	北京市北三环中路31号生产力大楼B座7层
电　　话：	0086-10-82007837（发行部）
邮　　编：	100088
网　　址：	http://www.cicc.org.cn　http://www.thatsbooks.com
印　　刷：	北京光之彩印刷有限公司
字　　数：	154千字
图　　数：	98幅
开　　本：	710毫米×1000毫米　1/16
印　　张：	10.75
印　　数：	1—3000
版　　次：	2014年8月第1版第1次印刷
定　　价：	48.00元

（如有印刷、装订错误，请寄本社发行部调换）

出版前言

新疆维吾尔自治区（简称新疆）地处中国西北边陲，面积166.49万平方公里，占中国国土面积的1/6，陆地边境线5600多公里，周边与蒙古、俄罗斯、哈萨克斯坦、吉尔吉斯斯坦、塔吉克斯坦、阿富汗、巴基斯坦和印度8个国家接壤，是古丝绸之路的重要通道。

新疆有长达数千年的文明史，自古以来就是一个多民族聚居和多宗教并存的地区。从西汉时期（公元前206年至公元25年）开始，它成为中国统一的多民族国家不可分割的重要组成部分。

新疆是中国5个少数民族自治区之一，现有55个民族成分，主要包括维吾尔、汉、哈萨克、回、柯尔克孜、蒙古、塔吉克、锡伯、满、乌孜别克、俄罗斯、达斡尔、塔塔尔等。2013年末，新疆总人口约为2264.30万人，其中少数民族人口约占61%。

新疆有数不清的名胜古迹，有充满传奇色彩的历史故事，有灿烂的民族文化、浓郁的民族风情、多元的宗教信仰；这里地处欧亚大陆腹地，有独特的自然条件，地形多种多样，风光雄浑壮美；这里物产丰饶，有丰富的矿产资源，牛羊成群，粮棉遍野，瓜果四季飘香……新疆是个散发着神奇魅力的地方！

为了让国内外的广大读者了解一个立体的、鲜活的、开放的新疆，我们编辑出版了这套"魅力新疆"丛书。本丛书共10册，分别介绍新疆10个方面的基本情况。希望本丛书能带您展开一段"魅力新疆"之旅。

2014年8月

目　录

引　言 / 1

◇史诗传奇 / 7

《玛纳斯》：草原民族的传奇史诗 / 8

阿依特斯：草原上的夜莺盛会 / 22

《六十二阔恩尔》：草原活化石 / 36

《江格尔》：草原上的歌，马背上的诗 / 46

◇歌舞传奇 / 59

木卡姆：琴弦上的家园 / 60

麦西热甫：维吾尔人的集体狂欢 / 87

纳孜库姆：如花绽放的模拟舞蹈 / 96

◇手艺传奇 / 99

锵：木卡姆的乐魂 / 100

托布秀尔：和草原一起歌唱 / 104

巴拉曼：吹绿天山南北 / 110

库姆孜：草原上的美妙之口 / 116

达卜：维吾尔人的精神之馕 / 122

土陶：西域的千年记忆 / 128

马鞍：奔驰草原的英雄情怀 / 134

库休克：会唱歌的木勺 / 138

坎儿井：地下的清凉世界 / 142

萨玛瓦：倒出茶芳香／149

蒙古包：草原上的移动宫殿／153

皮编：编织哈萨克人的浪漫生活／158

喜利妈妈：记忆锡伯家族／162

传奇新疆

引言

传奇留西域　大美是新疆

新疆一直以来给外界的印象就是沙漠、戈壁、雪山和草地，而汉唐以来流传下来的诗歌也多是赞叹古代西域的"大漠孤烟直，长河落日圆"，这种天生附有的"传奇"色彩成为新疆最为吸引人们目光的地方。

古代库车地区所产生的绿洲音乐的伟大代表龟兹乐给了中原地区以辉煌的想象，这是古代西域的光荣，也是古代西域绿洲的光荣。尤为珍贵的是，它直接启蒙了维吾尔木卡姆，使之成为全人类的非物质文化遗产代表作。新疆的草原也沉淀了伟大的史诗。口口相传的《玛纳斯》和《江格尔》，都再次露出了惊世容颜，弥补了中国无史诗之说。那些存续在天山南北、昆仑山脚和阿尔泰山腹中的民间手工技艺记录

高原人家

引言

雪山人家

了农耕和游牧的生活剪影。至今，这些技艺还在薪火相传，保留着古老的"记忆"，成为我们追寻先民生活的蛛丝马迹。今天，经过我们这些新疆"土著人"的寻访和记录，这些非物质文化遗产露出了当代之美。

新疆的天山、昆仑山和阿尔泰山都是与中华文明息息相关的密码之所在。经过灿烂的丝绸之路的东西交织，古代西域已是世人公认的四大文明的交汇地。有关东西方人们的许多梦想经过这里，留下了无

塔吉克族鹰舞

数的传奇和故事。塔里木盆地和准噶尔盆地更是人种的蓄水池，成为中外为之瞩目的文化沉积地。

  我由于职业的关系，经常往返于民间，与市井之民、牧民和民间艺人多有交流，深感于民间的藏龙卧虎和别有洞天。或许，我们有时候可以放慢脚步，充分享受"慢节奏"的美学，让身心更加放松，让思想更加开阔，对天山南北的地域传奇和气质多一份了解和认知，从而散发出更加强烈的情感气场，为当代阅读空间提供更加丰富的精神食粮和资源。

民族民间文化今天被赋予了一个新概念——非物质文化遗产。非物质文化遗产包括：口头传统，以及作为文化载体的语言；传统表演艺术（含戏曲、音乐、舞蹈、曲艺和杂技等）；民俗活动、礼仪、节庆；有关自然界和宇宙的民间传统知识和实践；传统手工艺技能；与上述表现形式相关的文化空间。我所理解的文化空间就是相关的人类群体所制定的文化习俗，它存在于生老病死、婚丧嫁娶和民间信仰等方面。非物质文化遗产概念的提出，为我们的文化实践提供了更加广袤的空间和指导。

当我终于回归文化，和同事们开始常年行走在天山南北时，那些深藏在广阔民间的即将消失的文化资源常常让我喟叹不已，而我们能做的就是从象牙塔中走下来，把这些民间风物一一记录。丰厚的民间资源正如浩瀚无际的宇宙，常常令人感叹力不能及。而这些先人传递下来的薪火是不能灭的，它是温暖和滋养我们心灵的灯火。

"为什么我的眼里常含泪水？因为我对这土地爱得深沉。"新疆是一片壮美广袤的土地。如果一定说，是因为生于斯长于斯，才有更多萌发于心底的亲情，毋宁说，新疆有一种深刻灿烂的美丽，这种美伴随我们从过去到现在，从现在到未来，伴随我们从文化的"边缘"再次走向"中心"。

其实，我们都行进在新疆文化的路上。"在路上"，正是我们的一种状态，这种状态也是我们内心对于新疆文化的热爱和责任感。新疆文化以其博大成为我们长久相随相依的"根"和依靠，给我们以力量，给我们以营养。当我们记录下自己所处时代的文化剪影和现状，也就形成了珍贵的亲身档案。

在新疆、在中国乃至全世界，文化的多样性组成了丰富的色彩，使纷繁的地球村增添了无穷而持久的魅力。这一切魅力的来源就是人类的文化，它的生生不息、薪火相传让我们永远成为这些色彩的享受者和持有者。而我们与之相连的责任就是让这些美的色彩真实地和我们的子孙后代继续相伴相依,成为心灵的依靠和精神的财富。

在我们生活的这一方热土上,新疆美得深沉。

在我们栖息的这一块沃土里,新疆美得热烈。

传奇新疆

史诗传奇

《玛纳斯》：草原民族的传奇史诗

这是一个有关英雄民族的传奇，更是柯尔克孜人寻找祖先身影和声音的传奇。

"这是祖先留下来的故事，不唱完它怎么能行呢？……大地经过多少变迁，河谷干涸变成荒原，荒滩变成湖泊，湖泊又变成桑田……一切的一切都在变化，雄狮玛纳斯的故事，却一直流传到今天。"祖祖辈辈流传下来的史诗《玛纳斯》千年来在这里传唱不息，哺育了一代又一代柯尔克孜人。柯尔克孜人热爱草原，热爱他们的英雄玛纳斯，至今仍以是玛纳斯的后代为荣。

这让今天的人们不禁把目光投向白雪皑皑的慕士塔格峰和雄伟的天山余脉。那里，正是英雄史诗《玛纳斯》散射光芒的地方——克孜

美丽的克孜勒苏柯尔克孜自治州

柯尔克孜妇女擀毡

勒苏。克孜勒苏,意思是"红水"。走进"红水",也就意味着走进了《玛纳斯》传唱的地方。19世纪,最早对《玛纳斯》史诗进行搜集研究的德裔俄罗斯学者拉德洛夫指出,柯尔克孜是最善于用口头艺术表达自己的思想、历史和文化的民族,以口头形式演唱史诗、说唱部落谱系、即兴创作和表演民歌是柯尔克孜民间口头文化的精华。

克孜勒苏柯尔克孜自治州是中国最西部的民族自治州,也是中国唯一的以柯尔克孜族为本民族的自治州,克孜勒苏河穿境而过。目前,自治州有柯尔克孜族14万余人,占中国柯尔克孜族人口的80%。柯尔克孜人如今主要从事畜牧业、农业和手工业,妇女擅长刺绣和擀毡。除克孜勒苏以外,他们主要分布在新疆的和田、皮山、莎车、英吉沙、塔什库尔干、疏附、乌什、阿克苏、温宿、拜城、叶城、昭苏、特克斯、巩留和额敏,在中国的东北角黑龙江省富裕县五家子屯还有100多户,是18世纪被清朝政府迁去的。

柯尔克孜妇女编织帷幔

公元 731 年，唐朝的首都长安和叶尼塞河的黠戛斯建立了亲密的政治联系。一代雄主唐玄宗亲笔书写碑文的《阙特勤碑》屹立在叶尼塞河河畔，以汉文和柯尔克孜族古如尼文两种文字刻制而成。19 世纪末，俄国及丹麦的一批学者，陆续在鄂尔浑及叶尼塞河流域发现了许多用古代突厥文镂刻碑文的石碑。碑文经丹麦著名语言学家汤姆森首先解读，确认是突厥人留下的文字。这种文字因外形相似于古代日耳曼民族使用的如尼文，便被称为古代突厥如尼文。又因碑文发现于鄂尔浑河流域和叶尼塞河流域，又称其为鄂尔浑—叶尼塞文。至今，这一反映着柯尔克孜先民与唐朝友好交往的活化石依然闪烁着璀璨的光芒。而更早传说汉代名将李陵及其 5000 士卒后裔成为柯尔克孜中的一支，为黑发黑眼，更是让唐朝青睐有加，视为本家并加以联宗的殊恩。唐中宗对黠戛斯使者说："尔国与我国同宗，非他藩比。"

柯尔克孜源于秦代（前 221—前 206）、汉代（前 206—公元 220）的坚昆，公元 87 年成为东汉王朝（25—220）的北部屏藩；三国时期（220—280），称为护骨、纥骨；唐代（618—907）为黠戛斯，曾多次参加唐朝对突厥的战斗，立下赫赫战功；公元 947 年，成为契丹的属国；元代（1206—1368）称为吉利吉思；明代（1368—1644）称为乞儿乞思；清代（1616—1911）称为布鲁特。2000 年里，作为中国最古老的民族之一，柯尔克孜人为维护中国的稳定统一做出了重要的贡献。

2008 年，初到阿合奇，我就盼望着和"当代荷马"居素甫·玛玛依老人见面。在我心里，这位老人如同一个传奇，像一块巨大的磁石吸引着我。因为史诗《玛纳斯》，而有居素甫·玛玛依；因为有居素甫·玛玛依，而成史诗《玛纳斯》。二者是如此的契合，仿佛是冥冥中的安排。老人和史诗《玛纳斯》如同一体，你中有我，我中有你。从上个世纪到本世纪初，二者共同给世界一个充满历史感的想象。

随着我们拍摄录制工作的进展，相见的时刻终于来临。清晨，我们来到了绿草如茵的赛马场。今天，在这里，所有和柯尔克孜人生

居素甫·玛玛依

活中息息相关的活动都会上演。克孜勒苏柯尔克孜自治州和阿合奇县政府以固有的热情给我们提供了工作方便。州人大的朱玛克·卡德尔副主任和木日扎别克·木哈什副州长从州里一直陪同来到县里。这两位敦实而儒雅的官员亲切而幽默，汉语说得非常地道。一问才知道，原来早年均是从中央民族大学毕业的。对于家乡，他们是如数家珍，包括草原哪一块地上的草不对劲，眨巴眨巴眼睛就都知道了。

当朝阳从山顶冉冉升起的时候，碧绿的草原上已经是人山人海了。先到的、后来的柯尔克孜人都不慌不忙，一群一群的坐到一起，弹起库姆孜或拉起手风琴。草原上四处洋溢着轻松欢快的气氛。突然，人们仿佛约好了一般，顿时安静了下来。我不由举目望去，一辆停下的小车中走出了一位穿戴柯尔克孜民族服饰的老人。朱玛克副主任和木日扎别克副州长共同迎上前，搀扶老人。老人慈祥地望望周围，人们顿时欢呼了起来。啊，这就是传说中的"当代荷马"居素甫·玛玛依老人吗？清晨的阳光洒在老人身上，也洒进了我们这些想一睹老人容颜的人们的心里。世界上，在柯尔克孜人中能被称为"大玛纳斯奇"（对擅长演唱史诗《玛纳斯》的艺人的尊称）的就只剩这位白眉苍然而又恬然平凡的老人了。所有有关《玛纳斯》的传说早已和他一起,成为当代一个脍炙人口的传奇。

欢快的库姆孜奏响了《玛纳斯》的时候,优美的旋律刹那飞扬在阿合奇、乌恰如翡翠般的草原上。脚刚踏进这片土地,心就被歌声俘虏了去。绿草间、白云下,四处荡漾着的是激昂的琴声和《玛纳斯》深情的歌声。当歌声和白云一起停住时,草原上涌动起色彩斑斓的活动和游戏。此外,叼羊、赛马、角力和打"奥尔多"都纷纷登场。传统的"谢尔乃节"是柯尔克孜人集体歌唱《玛纳斯》的时节。这个每年盛夏举行的节日庆典让草原上最好的"玛纳斯奇"和"库姆孜奇"云集山中。

赛马

听说我们来到阿合奇，草原上的人们轰动了。在拍摄过程中，每到一处，我们都得到了当地政府和民众的大力支持，尤其是受到了"玛纳斯奇"的热烈欢迎。从白发苍苍的老"玛纳斯奇"到中年的"玛纳斯奇"再到只有四五岁的习唱《玛纳斯》的孩童，都强烈要求演唱《玛纳斯》，以至于工作组从清晨开始一直录制到黄昏。夜晚，光线不好，同事们就搭起照明灯。即使这样，要演唱的人还是太多。就连著名的"大玛纳斯奇"居素甫·玛玛依老人的孙女和其他几个小孩子都跟在搞录音录像的同事后面，一遍又一遍地说："就让我们再唱一段吧！"于是，帕米尔高原的夜晚，就出现了动人的一幕。在一个灯火通明的帐篷里，群山无声，草原屏气，居素甫·玛玛依老人的孙女和其他几个小孩子用稚气可爱的声音为帕米尔的夜晚送上了最动听的《玛纳斯》之声。在清晰的星空下，这些声音无疑是天籁之音，回荡在帕米尔高原上空。

在柯尔克孜人的眼里，在他们的心中，申报《玛纳斯》为人类非物质文化遗产代表作是民族的大事，是民族的骄傲！他们欣喜若狂。在阿合奇县，当时已经91岁高龄的"大玛纳斯奇"居素甫·玛玛依老人不顾天气炎热，在家人的搀扶下，参加了长达一天的活动，并对年轻的"玛纳斯奇"语重心长地说："要好好学习演唱《玛纳斯》，把《玛纳斯》世世代代传承下去。"在乌恰县，著名"大玛纳斯奇"艾合买提·玛木特居素甫已经去世了，但他已经63岁的女儿闻讯而来，也深情地演唱了《玛纳斯》第一部和第二部，共16000行。

《玛纳斯》史诗除了在中国柯尔克孜民间广泛流传外，在中亚的吉尔吉斯斯坦、哈萨克斯坦、乌兹别克斯坦及阿富汗等国也有流传。史诗从19世纪开始引起学术界的关注，不断得到搜集、记录和研究，到20世纪已经发展成为一个世界性的研究学科——《玛纳斯》学。《玛纳斯》学基本上包括3个方面的内容：史诗的调查、搜集、记录，史诗文本的出版与普及，以及史诗相关问题的研究等。

"玛纳斯奇"是柯尔克孜人对本民族中擅长说唱《玛纳斯》者的

柯尔克孜群众聆听《玛纳斯》

称呼,大歌手则称为"大玛纳斯奇"。每逢喜庆节日欢聚时,邀请"玛纳斯奇"来演唱《玛纳斯》,已成为柯尔克孜牧民的传统习俗。对"大玛纳斯奇"的要求是能演唱3部或3部以上的《玛纳斯》和极强的即兴创作能力。

演唱时,不以乐器伴奏,曲调的高亢低沉、舒紧疾徐随内容而变化。在《玛纳斯》演唱比赛中,经常可以连续唱几天几夜。《玛纳斯》就是靠这些"玛纳斯奇"的歌唱代代传承下来的。有多少演唱史诗的艺人,就有多少种史诗的变体。在广袤的大草原上,他们就是游牧民族的嘴巴,唱出了自己的历史和心事。而这些歌词都没有固定的内容,完全根据要说的事编成,有时甚至现编现唱。牧民们在聆听演唱时,既听取了故事,又获取了信息。

《玛纳斯》是歌唱的史诗,经过了柯尔克孜优秀歌手们世世代代

"玛纳斯奇"演唱

的琢磨,融进了全民族的智慧。这些作为"玛纳斯奇"的歌手或是家传或是由师傅传授,演唱《玛纳斯》时,在不同的地点、不同的时间里,可以自如地即兴发挥。《玛纳斯》到今天已经有了80多种异文。一直让人们费尽心思和挠头的是,几十万行的史诗在这些"玛纳斯奇"超越常人的记忆中是如何形成的?他们究竟是在如何的状态下记住了这浩如烟海的祖传薪火?他们在看似平凡的生活中,又是怎样用心灵和思想去打磨,使之成为璀璨的瑰宝?过去的千百年里,这些歌手凭惊人的记忆力和着魔似的激情,使人们一直认为这种非凡才能是神授予的。一种说法是,一个人在熟睡时,神将史诗变成一把麦粒放进他的嘴里;另一种说法是,史诗中的英雄走进了某个人的梦乡。这两种说法有一个相同的结果:这个人一觉醒来后,就能出口成章地演唱史诗。

居素甫·玛玛依出生在阿合奇县哈拉布拉克乡米尔凯奇村。他从

8岁开始在哥哥的指导下学习演唱、背诵《玛纳斯》史诗，仅用了8年多时间就把哥哥所搜集、记录的20多万行的8部《玛纳斯》全部背了下来。史诗中数百个人物和大大小小的各种事件在他脑子里梳理得清清楚楚。人物之间的关系，事件与事件的前因后果，每一位英雄人物的神奇经历，他都了如指掌。居素甫·玛玛依的哥哥巴勒瓦依曾经经商，足迹遍及南疆各地及中亚地区。他一方面做生意，另一方面搜集各类书籍，广泛搜集、记录《玛纳斯》史诗及柯尔克孜民间文学。他先从当时中国的著名"玛纳斯奇"居素甫阿洪·阿帕依口中记录下了《玛纳斯》史诗的前3部内容，后来又从额不拉音·阿昆别克口中记录下了史诗后5部的内容。居素甫·玛玛依将这8部内容进行梳理加工，把其中的散文部分改成了韵文进行背诵记忆，浸入一生的心血，创造出自己的演唱变体。这一变体是目前世界上独一无二的、结构最宏伟、艺术性最强、悲剧性最浓郁、深受听众青睐的不朽之作。

《玛纳斯》演唱是柯尔克孜民众最喜爱的艺术形式。为了表达对"玛纳斯奇"的尊敬和热爱，民众会向"玛纳斯奇"赠送本民族的白毡帽、服装和羊只、马匹。中国著名《玛纳斯》专家郎樱女士这样评价："柯尔克孜人民酷爱《玛纳斯》这部史诗，崇拜史诗中的英雄。在史诗的形成与流传的过程中，柯尔克孜人民把各个时代英雄的事迹都集中到英雄玛纳斯的身上，并将人民群众的理想与愿望，对于幸福、和平生活的憧憬与追求，熔铸于玛纳斯的形象之中。柯尔克孜人民热爱玛纳斯，景仰玛纳斯，崇拜玛纳斯。"

民间至今还将《玛纳斯》手抄视为宝贝，用绵羊皮装订，当作传家宝来珍藏。他们认为这样可以避险。人们还认为，出行时将《玛纳斯》随身携带就可以一帆风顺，一路平安，英雄玛纳斯的灵魂时刻保佑他们；即将分娩的孕妇如果将《玛纳斯》放在枕头底下就可以顺产，可以避免灾害。在柯尔克孜人的意识中，英雄玛纳斯是永生的，他永远保护子孙后代。史诗的影响力是巨大的。即使是在当代，玛纳斯的感召力依然存在。20世纪80年代,在克孜勒苏柯尔克孜自治州首府阿图什举办的全国少数民族传统体育运动会的赛场上,当叼羊比赛进入激烈争夺的时刻,全场几千人振臂齐声高呼:"玛纳斯!玛纳斯!"从其场面之震撼,可见史诗的力量之一斑。正如吉尔吉斯斯坦著名作家艾特玛托夫说的:"哪里有柯尔克孜,哪里就有玛纳斯。"玛纳斯与柯尔克孜共生共存。

2014年离世的被誉为"当代荷马"的居素甫·玛玛依老人是唯一可以唱完8部23万余行《玛纳斯》的艺人。他和1963年去世的艾合买提·玛木特居素甫是1949年后发现的仅有的两位"大玛纳斯奇"。艾合买提·玛木特居素甫虽早已仙逝,但他的歌声却留传下来。他的麻扎倚着青山绿水,安详地静静坐落在红尘一角。两位大师如双子星座相互辉映,也造就了两种不同样式的流派和风格,让草原上的人们大饱耳福。

《玛纳斯》如同明亮的恒星,照亮了人类的夜空,清晰展现了柯尔克孜人的前世今生。它最初产生于9至10世纪,经过柯尔克孜天才歌手们世世代代的琢磨,以口头形式流传于新疆柯尔克孜聚居区,1000余年里传唱不息。

在《玛纳斯》的歌声里,柯尔克孜人了解了历史,传承了文化,学习了知识,教育了后代。在《玛纳斯》的歌声里,柯尔克孜人变得热爱生活,找到了和他们生活息息相关的"百科全书"。在《玛纳斯》的歌声里,柯尔克孜人培养了坚强的民族性格和非凡的创造能力。

"我们若问那耳闻广的人,我们若问那年纪长的人,都说在遥远的年代里,在我们的东北方向,有个叫做叶尼塞的地方。叶尼塞的土地富饶辽阔,没有路径,人迹罕至,葱茏的树叶布满河床……在那古老的年代里,有一群人住在这个地方。管理叶尼塞人民的,就是卡利玛玛依汗王。玛玛依做了汗王时,汗王的绰号被人们遗忘……美丽的草原气象万千,流浪的人们接踵而至。子孙繁衍,人丁兴旺。四十个部落各有人口四千,四十个部落的'柯尔克居孜'、'柯尔克孜'的名字传遍人间。"柯尔克孜人解释本民族的由来时,《玛纳斯》是最重要的物证和历史信息资源地。

《玛纳斯》讲述了玛纳斯家族上下8代人的英雄故事。玛纳斯的活动地域,从叶尼塞、中亚直到高高的帕米尔高原,突破了国界限制。玛纳斯的父辈们曾率众抵抗入侵的卡勒玛克人,终因寡不敌众,败在卡勒玛克人手下。从此,柯尔克孜人沦为卡勒玛克人的奴隶,老人因饥饿而死亡,年轻人四散逃亡,柯尔克孜民族濒临灭亡。此时,敌方一位占卜师对卡勒玛克首领说:"柯尔克孜人中将诞生一位英雄,没有人能战胜他。他要征服世界,他的名字叫玛纳斯。他诞生之后,世界就要发生天翻地覆的变化,卡勒玛克人将遭受灭顶之灾。"

慕士塔格山

玛纳斯诞生时，是个肉球状皮囊。其叔父将肉球划开，里面是个"一手握血块，一手握油脂"的婴儿。手握血块，预示着玛纳斯戎马一生，要让敌人血流成河；手握油脂，则预示着玛纳斯要使柯尔克孜人生活富足。为了躲避卡勒玛克人的追杀，玛纳斯被送到森林里抚养。他从小进山放牧，后来逃到吐鲁番去种麦子。他11岁时策马挥戈，率领40位勇士与柯尔克孜民众，与入侵的卡勒玛克人展开浴血搏斗，杀死敌首，把侵略者赶出柯尔克孜领地。少年玛纳斯立下了显赫的战功。

史诗是这样描述的："玛纳斯高声呼喊着冲入敌阵，玛纳斯愤怒地高声吼叫，他的吼声传到三天路程以外的地方，他的吼声令敌人胆战心惊。玛纳斯手握双刃利矛，骑着阿克库拉骏马冲来。他抽出闪着寒光的宝剑，朝着敌阵冲杀过去。迎面的敌人倒在他的刀下。哪里人最稠密，他就冲杀到那里。为了柯尔克孜人，玛纳斯英勇奋战，顽强不屈。他所经过的地方，血水像河一样翻涌。"

玛纳斯率领众汗王、40位勇士和浩浩荡荡的大军，与卡勒玛克大军交锋。经过激烈的浴血搏斗，玛纳斯的远征大获全胜。由于玛纳斯把"远征胜利应立即班师返乡，否则必有大祸"的忠告置于脑后，乐而忘返，他被埋伏在路旁的败将昆吾尔的毒斧击中头部。玛纳斯在汗王与勇士的陪伴下，头带毒斧，一路颠簸，返回故里，死在爱妻卡尼凯的怀抱中。威震四方的英雄玛纳斯悲壮地离开了人世。

《玛纳斯》是柯尔克孜人的传说史，演绎的范围不仅仅是一个地区、一个部落，而是柯尔克孜整个民族，具有突出的纽带认同作用和凝聚作用。柯尔克孜人用诗的语言口传了自己在历史长河中的变迁，并以全民族的智慧在不断完善着这部史诗。《玛纳斯》的学唱是将富于创作性的背诵与即兴性相结合，使作品不断完善和升华，形成多种变体。

《玛纳斯》的游牧说唱是草原文明的杰出表现，和农业文明文献典籍一动一静地反映着中国历史的伟大变迁，具有重要的历史参考价值。同时，《玛纳斯》是柯尔克孜人最为辉煌的传统文化代表，也是

柯尔克孜牧民骑摩托放牧

迄今为止柯尔克孜文学艺术最高水平的代表作,在国际上享有声誉,引人瞩目。

当城市化和现代文明的气息透进这高山中的世外桃源时,传统瑰宝《玛纳斯》也经历着时空的洗礼,经受着新文化的不断冲击。与此同时,年轻人对现代城市文明的向往、审美心理的转变,生活方式由逐水草而居改为定居,以及对传统长时间的说唱文学的淡漠,使《玛纳斯》逐渐丧失了游牧演唱的环境和氛围;老"玛纳斯奇"由于年龄和身体原因相继去世,录集的材料有限,无法再生和弥补;传承人严重匮乏等问题日益突出;《玛纳斯》研究队伍人才紧缺,都使《玛纳斯》陷入濒危的境地。

2014年6月1日,与《玛纳斯》相知相伴一生的居素甫·玛玛依老人与世长辞,归于天空和大地。有谁还能向大师一样有朝一日可以唱完浩瀚如烟的8部23万余字的人类文化遗产《玛纳斯》吗?《玛纳斯》还能不断与世同进，丰富这煌煌如星光闪耀的光芒吗？

阿依特斯：草原上的夜莺盛会

在广袤的新疆大地上，从北部遥远的阿尔泰山到蜿蜒逶迤横贯东西的天山，在那些草原最美丽的深处，无处不闪耀着游牧人哈萨克的身影。游牧人的快乐和忧伤在他们栖息的草原上生长着，歌唱着。这样的草原柔软而又广阔刚强，也就会孕育出灿烂的游牧史诗和伟大的歌手。

夏季的牧场葱郁凉爽。当最后一缕炊烟散尽在夕阳的余辉中时，酒足饭饱的人们从四面八方谈笑风生地汇聚到牧场一角。当再熟悉不过的身影涌入眼帘时，此起彼伏的欢呼声会让阿肯精神一振，感觉比饭前饮的美酒还醇美，而眼前的对手也让阿肯豪气顿生。

"阿肯"是哈萨克语的音译，意指民间优秀诗人和歌手，是中国哈萨克民众对来自他们中间的游唱诗人的一种尊称。每年盛夏季节，各地选出知识渊博、才思敏捷、能弹会唱、出口成章的优秀阿肯荟萃一堂，举行盛大的阿肯弹唱会，以庆祝一年游牧后的相会。哈萨克人有句谚语："阿肯是世界上的夜莺，冬不拉手是人间的骏马。"阿肯是诗歌的创作者、演唱者和传播者。草原上，阿肯的歌声唱的是哈萨克人的口头长诗；蓝天下，阿肯的歌声传达着哈萨克人最真挚的情感。阿依特斯在阿肯这里得到了生命的张扬和入世的机缘，也成为了哈萨克人精神世界的依靠。

阿肯是哈萨克族活着的历史字典。一代一代的薪火相传，让本民族的历史文化和各种信息在阿肯身上得到了复制。阿肯作为载体，几乎发挥了等同于历史文本的作用，这是一个了不起的创造。阿肯的记忆中，过去的历史、传说以及其他民间文学都以口传心授的方式得以流传，记录着自身的历史传承。

有关阿肯的来历,在草原上有着一个众多部落都知道的传说:

很早以前,在哈萨克草原上,有一位十分漂亮的姑娘。她唱起歌来,连天上飞的百灵鸟也得收住翅膀停下来听听。每一天,姑娘都坐在自家门前,弹着冬不拉,唱着自己情人喜欢的歌曲。过了一段时间,邻乡的一个富人被这娓娓动听的歌曲吸引住了。他看到姑娘如花似玉的面容后,更是眼前一亮,一见钟情。于是,他起了歹意,决心霸占姑娘,就派随从到姑娘家去说亲。虽然遭到了姑娘的反对,但他强迫姑娘家订了婚约。

婚期逼近,姑娘用悲哀的歌声,凄惨的琴音,锐利的言语与这种命运开始阿依特斯(对唱,哭诉),使草原上大人小孩人人心碎。就在姑娘哭声欲绝的时候,远方飞来了一匹白骏马,把姑娘带上飞走了。

新源县塔勒德大草原

据说，这匹白马就是姑娘的心上人——一位英俊的小伙子转世而来的。

从此，乡亲们知道了用歌声和琴音与命运对唱而改变命运的可能。随之，也就出现了阿肯。此后，只要有喜事，哈萨克牧民就聚集在草原上，互相进行对唱，辨别是非，衡量高低，比较强弱。日复一日，年复一年，阿依特斯就这样成为很好的习惯，延续下来了。

阿肯弹唱是哈萨克草原上主要的娱乐方式之一。每逢节日喜庆、婚嫁礼仪，都要举行隆重的阿肯弹唱。随着旅游业的兴起，阿肯弹唱将成为民俗风情旅游的主要内容之一。牧民们把对唱中取胜的阿肯与骏马、英雄相提并论，但对失败者也不轻视，称誉他们是"敢于搏击风雨的雄鹰"，"敢进沙漠的骆驼"，给予热情鼓励。

哈萨克阿肯口头对唱，被称为阿依特斯，俗称阿肯弹唱。阿依特斯大致分两类：一是习俗对唱，又称传统对唱；二是阿肯的正规对唱。

古代民间阿肯艺人除在大型聚会上对唱之外，还有一个好的习惯

阿肯

史诗传奇

男女阿肯对唱

就是两位阿肯见面就对唱。有诗歌爱好的百姓也都可以进行对唱,甚至一家人也不例外,如:公公和儿媳妇、父与子、哥哥与妹妹对唱,只要对唱中言词有理就可以了。有的阿肯远道而来找对唱者进行赛歌,连续唱一天一夜,甚至更长。

在哈萨克民间流传的两个著名男女阿肯的对唱较量,至今还为各个部落所津津乐道。他们是来自阿尔根部落的男阿肯比尔坚和来自乃蛮部落的女阿肯莎拉。

比尔坚(男):
莎拉阿肯在家吗?请对唱!
我是比尔坚,专程来拜访。
过去不曾相遇,算她幸运。
今天我看她能往哪里躲藏?

只有迎战的对手旗鼓相当,
才能激起我的诗意和畅想。
只有像夜莺似地尽情歌唱,
才能满足我内心中的渴望。

我像阿勒泰的骏马能翻山,
像高山的鹰顶着风暴飞翔。
我能够估量出大地的幅度,
对姑娘你的心事了如指掌。
我的语言清晰而精练有力,
就像黄金雕刻的一样响亮。
请宰马驹在草地支起毡房,
让我来掂一掂莎拉的分量。

莎拉阿肯为什么不敢出来,
迎着我像孔雀一般地飞翔。
是雄鹰就会展翅飞向远方,
是骏马就应该战死在沙场。
我是中玉兹部的知名阿肯,
曾和无数有名的歌手较量。
让我来亲自杀杀你的傲气,
跑得再快,也要把你追上。

我是阿肯,不会纠缠姑娘,
激动时会像狂獾不可阻挡。
请到这边来不要忸忸怩怩,
何必把你那另类人挂在心上。

乃蛮部落的人们不够大方,
姑娘们不懂礼貌也不开朗。
我们那里小的尊重年老的,
不但主动问安,而且周详。

我是阔加库力宠爱的毕尔坚,
能接近我的都是幸运的姑娘。
难道你讨厌与男性置腹谈心?
要明白,敬重你的才邀你对唱。

莎拉(女):
比尔坚,你的平安与我无关,
刚一开口,就显得这般愚蠢。
哪里有女性会主动去找男性,
可见你连起码的礼节都不懂。
要记住,是亚当先去找夏娃,
你难道连这个典故都搞不清。
原以为你是阿尔根部的才子,
现在看起来你也是虚有其名。

我是那乃蛮部落的一把利剑,
正好在等着要砍断你的脖颈。
只要用语言的鞭梢轻轻抽打,
你身上就要扬起一股股灰尘。

你莫非是来我们部落里讨饭,
来收拾人们吃剩的奶酪残羹?

看你屁股上露出的一块补丁，
何不用你的棉被把身子裹紧！
我要是存心地来挖苦讽刺你，
一定会把你奚落得无地自容。
拖到今天才拜会知名的高手，
这不正是说明你已荒唐透顶！
你休想碰一碰我柔软的手臂，
我的玉体像那婴儿一样洁净。

两位阿肯的对唱针锋相对，幽默风趣。阿肯的主要才华和能力表现在即兴创作上。他们一般能够触景生情，出口成章。除了在平日生产和生活中的即兴弹唱，阿肯的重要活动是参加牧民聚会时的对唱。这种对唱高潮迭起，相持不下，有时通宵不息。

在现如今的伊犁、阿勒泰地区还一直保持着这种文化传统。富蕴县的阿肯弹唱会每年一届，至今已经18届；新源县更多，已经30届了。随着生产生活方式的逐步改变，以及定居政策的实施，现在的阿肯也把关注的目光放在了现实生活，与时俱进。富蕴县的阿肯们组成阿肯弹唱唱词编写组，把中国各项惠民政策，加快发展、改善民生的具体措施等编写成弹唱歌词，赋予了很强的时代气息；歌唱改革开放使他们牛羊满山，歌唱丰富的畜产品丰富了市场，歌唱劳动致富使他们过上了好日子，使现行政策的传播融于现实生活中，增加了政策的鲜活性和感召力。如：

"现在的娃娃好幸福／与城里的孩子没两样／12年教育全免费／像茁壮的雏鹰展翅翱翔……"

"大伙儿赶上了好光景／种地养畜有补贴／黑加仑一亩就给300元／一座大棚补贴一万五／合作医疗就是好／住院报销比例高／乡村都有卫生所／看病就在家门口……"

"定居兴牧好处多／一家补助5万元／盖好棚圈住新居／全村走上小康路／要想到矿上去打工／县里办了培训班……"

还有一些歌颂家乡的,如塔城的阿肯创作的《库鲁斯台草原》:"库鲁斯台,我美丽富饶的故乡／这里有丰富的宝藏、迷人的风光／先辈们一代代播下忠诚和梦想／丰收的歌儿伴随着轻风在飘扬／美丽的库鲁斯台,我可爱的故乡／库鲁斯台,我美丽富饶的故乡／清澈的河水滋润着无穷的希望／空气纯净清爽,野花烂漫开放／你是边疆的绿洲,人间的天堂／美丽的库鲁斯台,我可爱的故乡／各民族人民奋发图强／共同建设我们可爱的家乡。"

应该说,每个时代都造就了自己的阿肯。在每个乡村中,任何人,只要有诗歌天赋,爱好创作、演唱、吟诵,都可以给他提供习艺的场所。这里没有性别之分、年龄差异、学问高低、门第之见,地不分南北,人不分老幼,所有的人可以同台竞技,一决雌雄。初出茅庐的后生可以向须发斑白的老者挑战,名将败在后起之秀手下的例子也时有发生。

阿肯阿依特斯艺术节

塔城橡树

赛场上,听众既是欣赏者,也是评议者。对唱不仅锤炼了阿肯的艺术才华,同时也提升了思想修养和道德情操。参加一次对唱,对于任何阿肯都是一次智慧和应变能力的考验。历史上许多著名的阿肯,都是从大大小小无数场阿依特斯盛会上走过来的。他们的名字是:唐加勒克、硕克帕尔、额尔斯江、艾塞特、比尔江、萨拉、苏方拜、江布尔,等等。哈萨克历史上曾经有过众多英雄人物和可汗,他们生前曾叱咤风云,闻名遐尔,却随着岁月流逝而变得有些模糊。而这些著名的阿肯和他们的智慧,以及他们脍炙人口的诗句,却永远留在了广大的草原上和牧民的心中。

阿肯弹唱目前定名为阿依特斯。之所以如此命名，是因为阿肯的对唱已经突破了简单的歌唱，而完全是即兴式的发挥和较量，融诗歌和歌唱为一体。阿依特斯内容广泛，有神话、故事、诗歌、民歌、谚语和格言等。这些作品经过一代代阿肯们的口头吟唱传承积累下来，并形成了哈萨克人丰富的口头文学。阿依特斯的产生和哈萨克人的生活环境、游牧传统和民族心理是分不开的。地域、气候、传统及生活方式的持久如一也使阿依特斯在草原上历经千年而没有消失，牢牢继承在族群里，成为哈萨克人的集体财富。阿肯们是诗歌的创作者、演唱者和传播者，无论婚丧嫁娶、宗教典礼、生活习俗等题材，都有一套比较完整的传统演唱。这些诗歌对民族发展史、民族关系史和宗教史的研究都有很重要的价值。同时，它又是研究历史学、人类学、社会学、民族学和民俗学的重要资料。

哈萨克人历来有着把本民族历史上发生的重大事件、人物、生活习俗、宗教哲理、兴趣爱好、喜怒哀乐和男女之间的情感等编成诗词，填入某种特定的歌调演唱而相互交流、交谈的风习，它有可能与古代先民们日常生活中以歌代言、对唱及原始宗教相关的各种习俗和传统

阿肯弹唱会

有着密切的关系。这无疑给我们一种强烈的暗示：有关游牧民族的历史和民歌其实密不可分。民歌是传承的一种最直接有效的方式，简单明了，不受时间和地点的限制，自由奔放，这和他们的游牧方式息息相关，也造就出了他们乐观、自在、通达的性格。18世纪俄国著名学者比丘林曾记述："公元6世纪的突厥人将民歌相互对立、轮流歌唱……"9至10世纪的爱情类叙事长诗《阔孜情郎与巴艳美人》《吉别克姑娘》中都有对阿依特斯的描述。可见，最迟至公元9世纪已有了"阿依特斯"这种对唱形式。

古时候，阿依特斯有时出现在大型节庆集会，有时在普通的婚礼场合，由阿肯们相互寻找对手进行对唱比赛，切磋技艺。历史上的哈萨克人由于游牧生活特性，居住较为分散。歌手只有利用人们参加婚礼以及其他聚会的机会，以对唱形式相互提出问题，用诗歌即兴作答，通过这种形式向人们传授知识或表达某种观点。所以，歌手的这种传播知识的方式堪称流动的学校。哪里有聚会，哪里就是开门的学校，就是传播知识的殿堂。

现当代定居生活的开始，让千年的游牧生活正逐步走向现代生活。定居村不断出现在草原上，包括阿依特斯在内的文化生态也在面临着新的可能发生的转型。过去口口相传的阿依特斯传统也有了多元的传承渠道。教育传承就是这样出现在校园里的。目前，伊犁师范学院已在尝试通过大学举办"阿肯班"，培养新一代的阿肯。已经毕业的年轻阿肯，除了和老阿肯一样能说会道外，还接受了现代文化的熏陶和滋养，这也可视作一个新的培养路径。

说到阿依特斯的来源，毫无疑问是和古老的哈萨克民歌有着密切的渊源关系，在某种意义上可说是拓展了民歌的道路。阿依特斯和民歌所选用的曲调在音乐结构、调式、旋律、节拍和内容等方面都没有严格的限制与约定，也没有固定的曲牌或相应的唱腔流传，演唱者多弹奏冬布拉为自己伴奏，或者干脆清唱。每年夏天，哈萨克牧民转场

阿肯弹唱会

到水草丰美的夏牧场,相邻的牧民都要聚集在一起举办阿肯弹唱会。

　　阿依特斯从草原来,到草原去,深深植根于哈萨克民间,在哈萨克民间有着深远的影响。阿依特斯歌词均为即兴创作,没有固定的唱词。因此,阿依特斯阿肯必须有敏捷的才思和渊博的知识、出口成章的才华、对事理透彻的了解和较高的艺术修养,要在瞬间对答如流,以理、以才服人。

　　众所周知,在人类文明史上,有许多重要的口传历史作品:被称为希腊的《圣经》的叙事长诗《伊利亚特》《奥德赛》,苏美尔人的史诗《吉尔伽美什》,印度人的梵文叙事长诗《摩诃婆罗多》和《罗摩衍那》,蒙古人的叙事长诗《江格尔》,柯尔克孜人的叙事长诗《玛纳斯》,以及哈萨克人的叙事长诗《英雄塔尔根》和《霍布兰德》等。口头传承迄今为止仍然是一个十分活跃的、有生命力的传统。人们采用众多的叙事形式与类型,重新讲述古老的故事,转述个人的亲历事件,传播

哈萨克牧民转场

客观知识，评判人间是非。口头传播为人们的日常经验和知识、地方性的历史事件、传闻、幽默的智慧、道德评判和艺术趣味提供了有效的表达方式。游牧人的后代们不仅认识了这些作品的重要价值，而且从中汲取营养，将之奉为佳作，更是他们族群的精神凝聚力。哈萨克民族以口头形式发展起来的阿依特斯如果放在这个行列中，同样毫不逊色，如同一个天空里闪烁的那些明星，彼此辉映成趣。

草原民族自古以来在草原的世界驰骋游牧，逐水草而居。那里的空间始终在运动，每一顶帐篷下的生活在草原和山里随季节而变换，由此产生的精神世界单纯热烈。所谓诗歌和骏马是哈萨克人的两个翅膀，生动说明了这个草原民族的文化属性。相比之下，农耕民族更趋向于述而不作，注重文献资料的收集和记录。汉族以"二十四史"为代表，向全人类展示了这种农耕文明时代记忆的重要性和必要性。作为游牧民族的哈萨克人则清晰地用阿依特斯传递着游牧文明的样式，把草原游牧文化向历史做了另一种表达，这就是活态的口传心授的原生态记忆。游牧而孕育出震撼人心的草原文化从来都是粗犷而阳刚的，又不乏自身的顽强和生动。同众多的游牧民族一样，哈萨克族已经被历史证明了自身的丰厚和积淀。阿依特斯作为哈萨克人世代的文化记忆，让一个古老民族到今天依旧鲜活地展示着自己的民族基因和游牧文化的魅力。

纵观人类文明，应该说，任何一个民族在寻找自己的根时，所依据的不外乎口传心授和文献，从某种意义上说，也就是草原民族和农耕民族各自的特点。作为口口相传的阿依特斯以及叙事长诗的达斯坦，在哈萨克群众的日常生活中，既是一种娱乐方式，为家庭聚会、群众聚会增添喜庆、欢乐的气氛，也是传承民族传统文化的重要形式。他们从各种题材的叙事长诗中，了解本民族的历史、文化、风俗和礼仪等。所以，"汉族把历史写在了书中，哈萨克族把历史写在了阿肯的嘴上"。两种文化样式在这里成为一种有趣的对比。

从游牧文化的角度看，在游牧生活和生产中，游牧人顽强保持了古老的民歌、史诗、舞蹈以及古老的手工技艺等传统，形成了灿烂的游牧文化符号，和中原文明所创造的农耕文化共同构成了辉煌的中华文明，显示了"多元一体"的巨大魅力。

如画草原

哈萨克是一个热爱诗歌的族群。哈萨克族伟大的思想家、著名诗人阿拜说："敞开人生大门呵护你的是约令（诗歌），掀开大地怀抱让你长眠安宁的还是约令。"世界上没有其他任何一个民族像哈萨克族那样全民皆知地迷恋和实践阿依特斯。阿肯在事实上已成为游牧在天山南北大草原上哈萨克人的灵魂吟唱者，而阿依特斯就是灵魂吟唱者的思想和创作记录，用无字文本把哈萨克人的生活和历史用悠扬的歌声镌刻出来，代代相传，记忆着每一代人的历程。正如哈萨克人的一句俗语："阿肯活不到千岁，他的歌声却能流传千年。"

一位学者说："对于西部的许多民族来说，当今真是一个奇特而又令人万分振奋的时代。阿依特斯同西方后现代的文化流行并存，游牧的传讯方式同因特网并存。这是现实生活对'文化转型'所做的最生动具体的注释。"毫无疑问，阿依特斯是哈萨克人的民族瑰宝，也是全面反映哈萨克人民社会生活的"百科全书"。因此，阿依特斯也毫无疑问地同其他民族的优秀文化遗产一起被列入中国首批518项国家级非物质文化遗产名录。

作为非物质文化遗产，阿依特斯是体现哈萨克民族精神文化的重要标识，是哈萨克民族精神气质的符号，也是哈萨克民族、族群的文化生命密码，这种文化基因的存在与否可以宣判一个民族在精神上的消亡或坚挺。今天回顾我们身边的一切文化遗产的时候，我们既感叹于世事沧桑、岁月流转，又惊叹于祖先们独具匠心的创造。经过了无数岁月的浸润，它们仿佛服用了瑶池的仙人草，在民间得以长生不死、薪火相传。

《六十二阔恩尔》：草原活化石

《六十二阔恩尔》是哈萨克民间古典音乐，名称意为"62套连贯、优美、抒情的乐曲"，是以器乐为主，集民歌、舞蹈、说唱、弹唱等

《六十二阔恩尔》音乐会

多种表演形式于一身的综合艺术。正是基于这样的杰出价值，《六十二阔恩尔》被誉为草原音乐的"活化石"，并被列入国家级第二批非物质文化遗产代表作名录。至今依然以游牧为主要生产生活方式的哈萨克人，在广袤的草原文明传承中，浑然不觉岁月的变换，在边疆一隅保留了来自和汉唐大曲有着千丝万缕血缘关系的《六十二阔恩尔》，为今天寻找古代汉唐大曲乃至于宋朝（960—1279）大曲提供了可能的路径。

　　游牧永远和农耕是一对兄弟。草原文化系统一个有别于农耕文化的特质是两大系统的记忆方法方式截然不同。农耕文化由于自身的生产生活方式趋于稳定状态，阡陌桑田，整齐划一，因而更加注重于文字系统的记录、整理和保存，内容无论时代的意识形态还是城市精英，典籍、野史、笔记都是主要的流传方式。当然，在民间社会系统中，除去家族家谱的记录外，也不乏口口相传的民间记忆系统。但总的来说，农耕文化系统和草原文化系统的差异还是显而易见的。

　　草原文化的记忆方式与其生产生活方式有着直接的联系。由于四

《六十二阔恩尔》音乐会

季游牧，部落群居和散居很难像农耕民族定居那样处于绝对稳定状态，而更多地处于流动状态。游牧是草原文化的载体，这种流动决定了文化的流动。同时，草原文化保留了古老的记忆系统。特别是草原固有的气候造就了人们对四季的敏感性，所以，草原文化就表现得更为感性和质朴。哈萨克《六十二阔恩尔》是这种游牧符号的一个杰出载体。

当代社会已经通过历史学、考古学、民俗学、人类学等研究确认了哈萨克人的祖先源于塞人、乌孙人、大月氏人、康居人和悦般人等。关于乌孙人，共流传着3种说法。一是匈奴族说，理由是乌孙王室始终与匈奴保持密切联系，且风俗相近。二是突厥族说，理由是乌孙与突厥开国始祖的传说均与狼有关。《汉书·西域传》中就提到，"乌孙于西域诸戎，其形最异，今之胡人青眼赤须状类猕猴者，本其种也"。其中，乌孙作为古老的部落，至今还有其后裔。康居、悦般是古代西域的文化大城邦国。康居乐、悦般乐名动一时。它们既然和西汉时期西域的著名文化中心——龟兹（今天的库车周围）发生了文化融合，这也就意味着乌孙草原文化首先同以西域文化为代表、以龟兹乐为符号的半农半牧的文化系统有了密切的交融，其次也同中原农耕文化的最高成就者——长安所代表的文化系统进行了交流，这在历史上有着明确的记录。

西汉两个最有名气的公主细君、解忧因和亲嫁到乌孙时，是带着宫廷乐班去的，而乌孙也是带着乐舞到长安访问的。音乐没有边界，歌舞不分人种，文化拉近地域。音乐是内地和西域加强联系的最佳载体。解忧公主与翁归靡所生长女弟史被送到长安学习汉乐5年，回来后，嫁给龟兹国王绛宾。《汉书·西域传》记载：元康元年（公元前65年），绛宾与夫人汉外孙女弟史入汉朝贺，"王及夫人皆赐印绶，夫人号称公主，赐以车骑、旗鼓、歌吹数十人"，加强了汉乐、乌孙乐、龟兹乐的交流。

康居与中原王朝的关系一直都很密切。康居乐器、乐舞于魏晋南北朝（220—589）时传入中原。唐代时，康居乐舞十分盛行，其中最受青睐的是"胡旋舞"。唐代大诗人白居易在其《胡旋女》一诗中写道："胡旋女，胡旋女，心应弦，手应鼓。弦鼓一声双袖举，回雪飘摇转蓬舞……胡旋女，出康居，徒劳东来万里余。"诗中对康居的胡旋舞做了生动的描写，反映了康居舞盛行于中原，以至朝廷上下"臣妾人人学圜转"的情景和以舞为乐、以善舞为荣的风气。除文字记载外，在敦煌莫高窟的壁画中也有对胡旋舞的描绘。除"胡旋"之外，最著名的舞蹈还有"胡腾舞""柘枝舞"。用于舞蹈伴奏的音乐类似于今哈萨克人称作"奎依"的乐曲。从舞蹈的纵横腾踏、时舒时快的节奏可以想象出乐曲的生动、配器的丰富，也说明被吸收为唐大曲的西域音乐那时已形成集歌乐、舞乐和器乐于一体的形式了。

著名的汉代大曲《相和大曲》《盘古舞》的出现令人耳目一新，

也直接启蒙了隋唐（581—907）真正意义上的燕乐。隋唐燕乐是指宴享歌舞时欣赏的乐曲，也叫宴乐。至今仍然大名鼎鼎的龟兹乐、伊州乐等都是其中重要的组成部分，闪烁着夺目的光芒。隋唐上台亮相的还是那些歌舞伎，但这时候乐舞的规模和内容都已经到达了中国音乐歌舞史上的顶峰。其形式之丰富，品种之多样，技艺之高超，队伍之庞大，堪称空前绝后。隋唐燕乐成为了宫廷音乐的主旋律，同时也飞入寻常百姓家，得到了民间的支持。一时间，宫廷内外、大街小巷都有燕乐的"粉丝"。据《隋书·音乐志》载：隋文帝在开国初，就下令设置7部大乐，分别为：国伎（西凉乐）、清商伎、高丽伎、天竺伎、安国伎、龟兹伎、文康伎。到了隋炀帝，这位酷爱音乐的国君又加了两部西域乐：康国乐、疏勒乐。至此，奠定了著名的隋朝"九部乐"。到唐太宗时期，更是以前所未有的气度吸纳百川，完成了煌煌巨制。除加入西域的高昌乐进一步递增为10部外，又广集了西域的鼓吹乐，鲜卑、吐谷浑、步落稽等部族的音乐，显示了这位开国皇帝对西域大曲的极度偏爱。到唐玄宗这位大才子时，通晓音律的他更是设立了坐部伎、立部伎，把燕乐单独设立为内教坊，亲自参与培训。在唐玄宗的强力支持下，西域大曲占据了大唐帝国歌舞近2/3的篇幅。这是一种怎样的热情和兴致，又是怎样的信赖和欣赏，让他以几近狂热的精神把燕乐推向了史无前例的高峰。歌舞大曲在大唐的上下一心和举世瞩目中，完成了华丽的转身，成就了流芳百代的唐代大曲。

哈萨克人现在仍然使用的古老乐器有冬不拉、库布孜、斯布孜额等。哈萨克传统乐器的独奏乐曲中，有一批特别优美抒情、悠扬感人的乐曲，哈萨克人习惯将这一批乐曲称作《六十二阔恩尔》。这些乐曲产生于哈萨克族萌生、形成和发展的不同时期。如公元前4世纪霍孜科尔仆西的《阿尔曼（愿望）》，公元前1世纪沙依玛克的《沙尔乌怎（黄河）》，公元7、8世纪之交的阔尔库特的库布孜曲《阔恩尔》，13世纪凯尔布哈的冬不拉曲《阿克萨克库兰》，15世纪卡孜托干的

《沙根尼西（想念）》，以及19世纪塔特木别克的《沙勒阔恩尔》、库结肯的《阿克鹄阔恩尔（白天鹅曲）》等，它们在哈萨克民间广为流传。

《六十二阔恩尔》集神话、诗歌、音乐、舞蹈、曲艺为一体，通过乐器演奏、冬布拉弹唱、独奏、合奏、单人舞、双人舞、集体舞及诗歌吟诵等形式表现音乐；每套阔恩尔由几十支乃至上百支曲目组成，有主曲和配曲之分，是哈萨克最具代表性的民族民间优秀传统文化之集大成者。

天山松

"《六十二阔恩尔》承载和记录着哈萨克人民对祖先、对历史的记忆。五声、七声的不同乐曲彰显着哈萨克民族的多源，以及哈萨克人及其先民在历史的长河中和蒙古族、汉族、突厥语各民族、印欧语各民族音乐文化的交融。所以，《六十二阔恩尔》不仅是哈萨克民间音乐中的精华，'六十二'和'阔恩尔'是哈萨克人心目中两个神圣的词语。'阔恩尔'为古哈萨克语，具有多重含义：譬如在颜色上指棕褐色，由太阳所发出的'红、橙、黄、绿、青、蓝、紫'七色光所融合而成的棕褐色，是哈萨克人心目中最美丽的颜色；在环境上，有山、有水、有草、有树，最适宜于放牧和生活的美丽山区，被称作'阔恩尔套'；在炎热的夏天，吹来一股凉爽宜人的和风，称作'阔恩尔杰勒'；

将品行好、具备谦虚谨慎、和蔼可亲性格的人称作'阔恩尔弥甲孜';对融洽欢乐的聚会,称之为'阔恩尔康勒克歇';把经济比较宽裕的小康生活称作'阔恩尔卡勒塔'。'阔恩尔'一词被专门用来形容美好的事物,所以,对于最深沉、最优美、最能打动人们心弦的音乐,哈萨克人称之为'阔恩尔'。其中的每一首乐曲都是在哈萨克民间长期流传、经历了一代又一代草原人检验的器乐精品。"

近现代时期在哈萨克民间广泛流传的赍(器乐曲)、谙(民歌)、哦吟(说唱)、阿依特斯(阿肯弹唱)以及赫萨——达斯坦(叙事诗演唱)等表演形式,皆源自《六十二阔恩尔》。

在哈萨克人看来,人有"62根血脉",生命靠"62根血脉"支撑;生活要有《六十二阔恩尔》,有了《六十二阔恩尔》,精神才能振奋。哈萨克人在长期的生产生活实践中,以本民族的传统文化为核心,继承、发展了悦般乐、康居乐等乐曲,并不断吸收汉代以来的中原文化

要出嫁的哈萨克新娘

和天山南北各民族文化的精髓，同时汲取西方音乐的表现形式，这才有了《六十二阔恩尔》。哈萨克《阔恩尔》逐渐成为一种完整的乐曲形式，它有着系统的套数、丰富的节奏与曲调。哈萨克民间传说有《六十二阔恩尔》，也有《莫勒阔恩尔》（很多阔恩尔）、《色克三阔恩尔》（八十阔恩尔）之说。民间历来有"富人家的喜事30天娱乐，40天庆典"的传说。娱乐当是演唱《六十二阔恩尔》，按每部《阔恩尔》演唱两小时，每天演唱两部计算，就要演唱31天。

中原音乐舞蹈对哈萨克乐舞的影响，表现在《六十二阔恩尔》的组织结构和音乐表现手法与汉唐宋大曲的许多相同之处。从已搜集整理的《阿克鹄阔恩尔》的组织结构和演出形式来看，《阔恩尔》与"大曲"有异曲同工之妙。《阿克鹄》也就是白天鹅套曲，充分反映了哈萨克人的生活愿望和爱情故事。因哈萨克人历来将白天鹅视为公正、圣洁、坚强、美丽、团结、和平的象征，所以关于白天鹅的乐曲、传说故事流传较广，具有很深的历史根基。经过整理的《阿克鹄阔恩尔》由22首乐曲组成，分为《谙与簀》（歌与曲）、《唢孜萨啦嘶》（箴言妙语唱）、《萨勒萨依冉》（欢腾歌舞）3个部分。整个套曲表现了天鹅觅食、遇险、逃生和胜利回到故乡的全过程，再现了古代哈萨克先民乐观向上的生活情趣和精神风貌。套曲以哈萨克民间流传的《白天鹅组曲》"簀"为主调，配以民歌、"赫萨"、阿肯弹唱及舞蹈"俾"的表演等艺术形式，使歌、舞、曲融为一体；在实际演出中，配器除冬不拉外，还使用了"库布孜"（四弦胡琴）、"阿得尔那"（竖箜篌）、"巴尔布特"（五弦琵琶）、"结提根"（七弦琴）、"切尔铁尔"（三弦）、"斯尔乃"（风笛）、"沙孜斯尔乃"（埙）、"斯布孜额"（胡笳）、"克仑乃"（笙篥）、"道吾勒帕孜"（驼皮大鼓）、"达布勒"（腰鼓）、"阿特吐亚克"（马蹄鼓）、"阿萨它亚克"（铃鼓类）等民族传统乐器，运用了传统的民族和声学原理（平行五度、平行八度进行），冬不拉使用五度定弦法演奏，突出了每首乐曲的韵味，演奏出了哈萨克民族管弦乐独特的风格；3个部分过渡十分自然，曲调连贯、音律和谐、结构严谨、节奏明快、张弛有度，使整个套曲一气呵成。

将《阿克鹄阔恩尔》的第一部分"歌与曲"（9段）作为"散序"来看，它以曲为主，只不过穿插了歌舞；第二部分"箴言妙语唱"（8段）就相当于"中序"了，以冬不拉弹唱、对唱为主；第三部分"欢腾歌舞"（4段）更是相当于"破"，歌舞并作，形成全曲的高潮。整部套曲（即"大遍"）由一个主旋律和若干变奏曲（即"遍"）组成，每首曲目均有专名。我们且不去探究整理过的《阿克鹄阔恩尔》是否符合原生态，但至少可以看出《六十二阔恩尔》与汉唐宋大曲是有其相互影响的。

以龟兹乐为首的六大乐，与今天的《六十二阔恩尔》和木卡姆相比，可以发现许多直接传承的脉络。而这种惊人的相似性其实从汉代张骞出使西域所得的《摩诃兜勒》开始就表现得很清晰。李延年编《相和大曲》直接的依据是《摩诃兜勒》。"艳""趋""乱"，一个都不能少。"艳"，歌曲开头之意，相当于散序；"趋"是疾快的器乐曲，中序；"乱"，就是契合，结束的末尾曲，到了入"破"时刻。整套的大曲形式已然成形。到隋唐时期，龟兹乐最灿烂的时刻来到了，完美无缺地展现给了世人。

《隋书》中提到了一首曲子，在现在的新疆《十二木卡姆》中身影犹存。《隋书》记载的这首古老的龟兹歌曲《善善摩尼》，是突厥语的音译，意思是"你啊，你把我"。令人惊奇的是，在全疆各地的木卡姆中都有这首歌，开头的第一句唱音为"善善米尼善"，意思就是"你啊，你把我"。遥远时代的歌声竟然如此清纯、毫不变色，不是历史的奇迹吗？《隋书·音乐志》载："其歌曲有善善摩尼，解曲有婆伽儿，舞曲有小天，又有疏勒盐。"明确提到了歌、解、舞、盐。歌曲是声乐部分，舞曲是舞蹈部分，解是乐曲快速结束，盐即是"艳"，是抒情婉转的乐曲。这样，龟兹乐的三大组成部分就出来了：1. 声乐曲；2. 器乐曲；3. 舞蹈曲。这实际上也是西域大曲的共同音乐结构特点。

比照一下汉《相和大曲》讲究的"艳""趋""乱",然后把目光望向新疆《十二木卡姆》,可以再清楚不过地看到木卡姆的组成方式:第一是琼乃合曼,第二是达斯坦,第三是麦西热甫。这里要注意的是"乱",除了字面上解释为结束曲外,专家对此有更深入的说法。"乱",在古代歌舞曲中又被译为"月兰"。对此究竟有什么说法呢?用月兰代表歌舞,是因为月兰是西域草原上生长的一种红花。而早在汉唐时代以前,古代西域的阿尔泰语系各民族最初信仰的是萨满教,在每逢5月末的月兰花开时,要举行传统的祭祀仪式。歌舞是祭祀活动中极为重要的一环,男女老少围成圆圈,唱歌跳舞,在歌舞中常常加用"嗨,嗨,月兰"为衬词。至今,在哈密木卡姆中还保留着这一套木卡姆。

维吾尔木卡姆显示了与《六十二阔恩尔》的某种千丝万缕的关系。《六十二阔恩尔》在哈萨克民族文化中的地位可与维吾尔《十二木卡姆》相媲美。六十二实际是概指,并非固定数目。就目前的发掘和整理情况来看,已经在全疆发现了200多套。《六十二阔恩尔》是自汉代以来中原文化与边疆少数民族长期融合发展的结晶。有学者研究认为,有固定调式和曲式的《六十二阔恩尔》与已经失传的汉唐宋大曲有一定的历史渊源关系。而这种联系同样在木卡姆中得到了一定程度的验证。

马上角力

作为维吾尔祖先的匈奴是一个能歌善舞的游牧部落，产生了不少诗人、歌手，创造了各种乐器和乐曲；除斯布孜额（胡笳）、库布孜等传统乐器外，还创造了角、笛、琵琶、胡琴等乐器。据《汉书·西域传》《后汉书·五行志》及晋傅元《琵琶赋序》等史书记载，在汉朝时期，乌孙、匈奴人创造的角、笳、笛、琵琶、胡琴传入中原，同时中原的琴、筝、筑以及钟、鼓等也传到了乌孙和龟兹，极大地丰富了音乐的演奏技艺，促进了西域各国与中原地区音乐文化的繁荣。

据著名音乐家黄翔鹏先生考证：《瑞鹧鸪》(《碎金词谱》)、《天下乐》("鼓吹乐"曲牌)、《减字木兰花》(元散曲)、《舞春风》(西安鼓乐)等曲牌，它们的来源都叫《舞春风》。《教坊记》著录的《舞春风》大曲排在"龟兹乐"与"醉浑脱"之后，所以《舞春风》也是龟兹乐。将这4个不同来源的曲牌译出来以后，发现它们的宫调、结构、七律都完全一致。他曾将译出的《瑞鹧鸪》录成磁带，请新疆研究《十二木卡姆》的专家听。他们一听就说："这是我们库车的音乐。"库车就是古代的龟兹。因此，可以证实这些曲牌之间确实存在历史关系。

由此观之，汉唐时期开始的中原内地和古代西域文化交融的范围和力度都是其他任何时期无法比拟的。多民族、多宗教、多文化的新疆在中国的边陲留下了包括哈萨克《六十二阔恩尔》和维吾尔木卡姆在内的"活化石"。这些生动而不老的文化符号说明了一个颠扑不破的真理：文化是彼此交融的，更是包容的，是你中有我，我中有你。只有如此，才真正形成了中华民族"多元一体"的文化百花园和中华民族大家庭的和谐真善美。

《江格尔》：草原上的歌，马背上的诗

站在草原上，就是喜欢倾听蒙古托布秀尔的声音，浑厚、苍凉。所谓"天苍苍，野茫茫，风吹草低见牛羊"，历史的声音也仿佛穿越

了时空。这是一个古老民族的气质。蒙古族英雄史诗《江格尔》本身就秉承了这种粗犷和雄健的气质。

蒙古族的《江格尔》与藏族的《格萨尔》、柯尔克孜族的《玛纳斯》并称中国三大英雄史诗,被列入中国第一批国家级非物质文化遗产代表作名录。《江格尔》的产生和发展过程漫长,到17世纪初基本定型,变体有200多种。新疆《江格尔》分布于巴音郭楞蒙古自治州、博尔塔拉蒙古自治州、伊犁哈萨克自治州州直和塔城等地区,流派各有不同,各地都有自己的特色。流派不同,故事情节也有分别。

和布克赛尔蒙古自治县蒙古群众齐唱《江格尔》

《江格尔》是蒙古族英雄史诗，主要流传于中国新疆维吾尔自治区阿尔泰山一带的蒙古族聚居区。多数学者认为，《江格尔》最早产生于中国卫拉特蒙古部，17世纪随着卫拉特蒙古各部的迁徙，也流传于俄国、蒙古国的蒙古族中，成为跨国界的中国蒙古族大型英雄史诗。这部史诗是以英雄江格尔命名的。

已经搜集到的《江格尔》共有60余部，长达10万行左右。除一部序诗外，其余各部作品都有一个完整的故事，可以独立成篇。开篇是一部优美的序诗，介绍了《江格尔》的故事背景、主要人物，并且揭示了全书的主题思想，是这部史诗的楔子。

史诗《江格尔》主要讲述了江格尔汗率领12位雄狮、35位虎将和8000多名勇士征战四方的故事。他们降伏妖魔、抵御外强、驰骋疆场、英勇杀敌，建立了一个没有战争、没有邪恶、没有疾病、没有饥饿，人们青春永驻，草原四季常青，牛羊遍山，充满欢乐的宝木巴。宝木巴"没有冬天和严寒，四季如春阳光灿烂；没有痛苦和死亡，人人永葆青春时光；没有潦倒和贫穷，只有富足和繁荣；没有孤儿和鳏寡，只有兴旺和发达；没有动乱和恐慌，只有幸福和安康；珍禽异兽布满山头，牛羊马驼撒满草原，和风轻吹，细雨润田"，反映了蒙古人民淳朴、善良、美好的愿望。

史诗的主人公江格尔2岁的时候，凶狠暴戾的莽古斯侵占了他的家园，杀死了他的父母。江格尔从此成了孤儿。为了给父母报仇，在他3岁那年，江格尔跨上神驹阿仁赞，开始征战四方。江格尔7岁时建功立业，宝木巴地方的臣民把他推举为可汗。但是莽古斯不甘失败，经常伺机侵犯宝木巴国。江格尔率领他的35名虎将和8000个勇士，保卫了宝木巴，扬名44国。经过艰苦的征战，江格尔以他非凡的才能，建立了一个"理想国"。在这里，他的人民长生不老，永葆25岁的青春。他的国家四季长青，到处洋溢着欢声笑语。

《江格尔》的故事繁多。首先是结义故事，叙述的是《江格尔》

中的英雄们经过战场上的交锋,或者各种考验,终于结为情同手足的盟誓弟兄的事迹。如"阿拉谭策吉归顺江格尔之部":5岁的小英雄江格尔被大力士西克锡力克俘获后,西克锡力克发现江格尔是个命运非凡的帅才,怕他日后统治天下,就企图害死他。可是,西克锡力克的儿子——5岁的洪古尔用自己的生命保护了他。接着,西克锡力克派江格尔去抢夺老英雄阿拉谭策吉的马群。在赶回马群时,江格尔中箭,不省人事。阿兰扎尔骏马把他带回西克锡力克的门前,西克锡力克此时正要出猎,就叫妻子处死江格尔。洪古尔恳求母亲不杀江格尔,并用法术治好了江格尔的箭伤。于是,洪古尔和江格尔便结为最亲密的弟兄。西克锡力克多日不归,他俩出外寻找,发现西克锡力克被扣于阿拉谭策吉的牧场。阿拉谭策吉看出洪古尔和江格尔结为一体

蒙古群众聆听史诗《江格尔》

"江格尔奇"演唱

将无敌于天下,决心归顺他们。阿拉谭策吉便对西克锡力克说:"江格尔7岁时将征服世上的妖魔鬼怪,统辖40个可汗的领地,名扬四海,威振八方。到那时,你要给他娶诺木·特古斯汗之女阿盖·莎布达拉为妻,把自己的权力交给他。我将当他的右翼首席大将,洪古尔将当他的左翼首席大将。他会治理好家乡,让宝木巴兴旺发达,繁荣富强。"此后,西克锡力克果然让江格尔掌握了宝木巴的一切权力。"洪古尔和萨布尔的战斗之部":铁臂力士萨布尔的父母临终时叮嘱他立即去投奔江格尔可汗,但他听错了双亲的遗言,却去寻找沙尔·蟒古斯,骑着栗色骏马在荒凉的旷野中迷失了方向。此时江格尔正在宫中举行酒宴,阿拉谭策吉提醒他应当尽速降伏萨布尔。于是,江格尔便率部出发。他一声令下,8000勇士立刻冲上前去。萨布尔抡起81庹长的月牙斧,把勇士们打得人仰马翻。正在这个紧急关头,洪古尔从沉醉中醒来。他跨上铁青宝驹赶到疆场,挥舞着阴阳宝剑向萨布尔杀去。两位英雄你砍我杀，互不相让。最后，洪古尔从马背上提走萨布尔，将他扔到江格尔身旁的黄花旗下。江格尔亲自敷药，治好了萨布尔的伤口。萨布尔苏醒过来后，一连3次宣誓："我把生命交给你高尚的洪古尔，我把力量奉献给荣耀的江格尔！"洪古尔也庄严宣誓，跟萨布尔结为兄弟。回到宫中后，江格尔举行了盛大的宴会，向他们表示祝贺。

其次是婚姻故事，通过江格尔及众英雄娶亲的各种经历，展示出他们非凡的本领和高尚的品德。如"洪古尔的婚事之部"：在一次宴会上，洪古尔请求江格尔赐给他一个妻子。江格尔亲自去扎木巴拉可汗那里求婚，要为洪古尔聘娶美貌的参丹格日勒。洪古尔去迎亲时，参丹格日勒已和大力士图赫布斯拜了天地。洪古尔盛怒之下，杀死了他们，然后跨上铁青马驰去。飞奔3个月后，洪古尔跟宝驹一起昏倒在荒野上，3只黄头天鹅飞来救活了他们。他们再往前跑3个月，大海挡住了去路，海中的鲟鱼出来把他们送到了对岸。洪古尔继续奔驰，来到了查干兆拉可汗的宫殿近旁。他十分疲惫，就变为一个秃头儿，让铁青马变成一匹秃尾小马。江格尔见洪古尔娶亲久无音讯，就出外寻找，来到查干兆拉可汗的领土上，正巧与洪古尔相遇。原来可汗的女儿哈林吉腊早已爱上洪古尔，正是她变成天鹅和鲟鱼拯救了洪古尔。江格尔为洪古尔聘娶了哈林吉腊公主，一同返回故乡宝木巴。又如"萨里亨·塔布嘎的婚事之部"：江格尔在高耸入云的宫殿里举行宴会时，阿拉谭策吉提出应当请镇压四面八方的蟒古斯的英雄洪古尔来共享欢乐。江格尔便派萨里亨·塔布嘎去请洪古尔。到了洪古尔的家里，他向洪古尔说明来意后，表示还要到太阳落的地方去娶陶尔根·昭劳汗的女儿。出发时，洪古尔和勇士们都为他送行。萨里亨·塔布嘎驾着骏马踏上陶尔根·昭劳汗的领土后，首先击退了向他进攻的大黑种驼和白鼻梁的红色母驼，接着又战胜了阿尔海和萨尔海两位勇士，后来还打死了凶悍的勇士道格森·哈尔。快到陶尔根·昭劳汗的宫殿时，他变成一个秃头儿，他的骏马变成一匹长癞的小驹。当他来到可汗的宫殿时，只听见陶尔根·昭劳汗正向各地来求亲的英雄好汉宣布：大家都去参加射箭、赛马、摔跤3种比赛，谁获得全胜，我就把公主许配给谁。秃头儿要求参加比赛，可汗心里虽然很不乐意，也不好不让他参加。开始比赛之前，可汗请卜卦人来算算是谁娶公主。卜卦人占卜后对可汗说，将要娶公主的是个秃头儿。比赛开始了。射箭时，各地的英雄好汉谁也没射中目标，最后让秃头儿给射中了。赛马时，秃头儿骑着长癞的小驹得了第一名。摔跤时，秃头儿同天上和地下来的各路有名的摔跤手较量，把他们一个个摔到很远很远的地方。3种比赛都获胜以后，萨里亨·塔布嘎恢复了自己的原貌。于是，陶尔根·昭劳汗把最小的女儿奥特根·哈尔许配给萨里亨·塔布嘎，为他们举行了盛大的婚礼。

第三是征战故事，描绘的是以江格尔为首的英雄们降妖伏魔，痛歼掠夺者，保卫家乡宝木巴的辉煌业绩。如"征服残暴的西拉·古尔古汗之部"：得知江格尔可汗远走他方，勇士们纷纷出走后，暴戾成性、险恶凶残的西拉·古尔古汗便大举进犯宝木巴地方。雄狮洪古尔只身迎敌，最后不幸被擒。西拉·古尔古汗派人将洪古尔拖进幽深的地洞，投入血海，让他受尽折磨。宝木巴地方遭到空前的浩劫，百姓们统统被驱赶到草木不生的沙原。江格尔漫游天下，在青山南面的一座宫殿里，遇到一位天仙似的姑娘。他俩结成亲密的伴侣，生下一个男孩，起名少布西古尔。过了3天，这孩子便骑着江格尔的阿兰扎尔骏马上山打猎去了。有一次打猎时，他遇上阿拉谭策吉，老英雄让他把一支箭带去交给自己的父亲。江格尔看到这支箭，想起昔日的荣誉，非常思念家乡，立即返回宝木巴。可是，故乡白骨成堆，满目荒凉。他好不容易才找到一个老人，探听到洪古尔的下落。他毅然走进地洞，到7层地狱的血海里去寻找洪古尔。小英雄少布西古尔随后也来到了宝木巴。他召集众勇士共同对敌，除掉了万恶的西拉·古尔古汗，解救了水深火热中的百姓。江格尔冲进魔窟，把恶魔斩尽杀绝，取回洪古尔的遗骨，用如意神树的叶子救活了洪古尔。江格尔和洪古尔回去跟众人一道重建家园，宝木巴地方又像从前一样繁荣富强。又如"战胜残暴的芒乃汗之部"：芒乃汗派使者向江格尔提出5项屈辱性的条件，扬言如不应允便率领大军进攻宝木巴。洪古尔挺身而出，发誓宁可在清泉边洒热血，在荒野里抛白骨，也不去做奴隶。他单人匹马冲入敌阵，夺了敌方的战旗，杀死无数敌人。但因寡不敌众，洪古尔身负重伤。这时，江格尔带领众将赶来助阵。萨纳拉、萨布尔受伤后，江格尔出马同芒乃汗激战。江格尔一枪将芒乃汗挑起来，刚举到空中时，枪突然断了。洪古尔连忙跳上去同芒乃汗肉搏，其他英雄也赶上前来，大家一起斩除了这个不可一世的顽敌。

《江格尔》至今仍在蒙古人中传唱，主要是靠民间的"江格尔奇"用口授心传的方式，代代传承的。和布克赛尔蒙古自治县80多岁的加·朱乃就是著名的"江格尔奇"。他能演唱《江格尔》25章24万行，并培养了多名弟子，被国际史诗学会主席、德国波恩大学教授卡尔·约瑟夫誉为"当代传唱《江格尔》史诗的杰出代表，是大师级的民间艺人"。在节日和喜庆活动时，巴音郭楞的蒙古人会请"江格尔奇"演唱《江格尔史诗》。他们弹着马头琴或四弦琴演唱，严格保持《江格尔史诗》的诗韵美，中间无道白，4行至十五六行为一小节，稍作语段停顿后再唱。唱者要

加·朱乃

尽自己所记连续不断地一次唱完,听的人也要聚精会神一次听完。

《江格尔》作为中国蒙古族人民口头流传的一部长篇巨著,也是他们世世代代的生活经典。它由许多英雄故事所组成,每一个英雄故事成为独立的一章。章与章之间,有的有情节的连贯,有的则没有时间顺序。这部史诗有贯穿始终的正面英雄形象,中心人物是江格尔,其次有以江格尔为首的众英雄洪古尔、阿拉谭策吉、萨纳拉、萨布尔、明彦等。不同的故事,变换不同的反面形象。至今为止,这部史诗的篇章还没有准确的数字。自20世纪80年代起,中国开始大规模搜集和记录《江格尔》,至今已有境内外多种文字的版本刊行,产生了广泛的影响。

目前,比较一致的意见认为,这部史诗最初主要流传在新疆西蒙

蒙古群众聆听史诗《江格尔》

的卫拉特之中，同时在苏联境内的伏尔加河（原名伊吉勒河）流域的卡尔梅克人（蒙古族的土尔扈特部）中也有流传。土尔扈特部的老家原在肯特—杭爱山一带，即今蒙古人民共和国境内。成吉思汗时期，蒙古军大举西征，新疆天山南北的回鹘，新疆西北巴尔喀什湖一带的哈剌鲁，新疆伊犁河流域及塔里木河流域一带的西辽均被征服。土尔扈特部大概是在西征后，于13世纪末迁至阿尔泰、塔城一带居住，所以史诗《江格尔》经常出现阿尔泰山、额尔齐斯河等地名。由此，学者们才断定《江格尔》起源地在新疆。起源时间尚无定论，有说在奴隶制兴起以后，有说是封建领主制时期。较多研究者倾向于前者。1629年，土尔扈特部的领主和鄂尔勒克，因受准噶尔部的领主哈喇忽剌的威胁，率土尔扈特人西迁，共有5万户25万人，在伏尔加河下游驻牧。这些便是后来俄国境内的卡尔梅克人。他们迁徙的同时带去了他们的文化财富《江格尔》，并继续传唱。1771年1月，土尔扈特部首领渥巴锡（阿玉奇汗之曾孙）为摆脱沙俄压迫，为求民族生存，率领全民族人民起义抗俄，历尽千难万险，于1771年7月才回到祖国的怀抱。起义时的17万人众，最后只剩下7万余人，谱写了一部惊天地、泣鬼神的悲壮史诗。清廷对土尔扈特部返归祖国的爱国正义行动十分重视。乾隆皇帝多次接见、宴请渥巴锡等首领，对其部众也给以牛羊粮食、衣裘庐帐，并亲撰《土尔扈特全部归顺记》《优恤土尔扈特部众记》碑文两篇，立碑于承德普陀宗乘之庙内。在现在的和静县城街心公园的正中央，耸立着一座巨型汉白玉雕像，手持戟枪，顶盔亮甲，威骑在白龙驹上，他就是民族英雄——渥巴锡汗。

传说，在土尔扈特人西迁到伏尔加河之前，有一位牧羊老人，能背诵当地流传的所有的《江格尔》。他每学会一章，便在自己的怀里放进一块石头。最后，他共揣上了70块不同颜色的石头。《江格尔》70章之说就是根据这一传说推测的。解放后，在新疆西北部的和布克赛尔蒙古自治县，蒙古族还有12000多人，他们便是从伏尔加河一带迁回的土尔扈特人的后裔的一部分。他们对历史上的迁徙有着深刻的印象。在他们中间，那些有才能的、能唱5章以上《江格尔》的歌手被称为"江格尔奇"。这是非常光荣的称号。

《江格尔》的流传、保存、丰富和加工，主要归功于"江格尔奇"。演唱《江格尔》是蒙古人重要的文化生活，每逢喜庆节日，都要请"江格尔奇"唱。在蒙古人中，演唱《江格尔》是全民性的活动，不分性别、年龄，大家都爱唱、爱听。这种活动一般在冬日长夜的炉火旁为牧民们举行。凡是婚礼祭祀，"江格尔奇"便是最活跃的歌手。"江格尔奇"所到之处，人们总会享受欢乐。《江格尔》内涵丰富，想象奇特，风格古朴奔放。透过史诗那波澜壮阔的历史画面，我们可以想象到成吉思汗时代英雄弯弓射大雕的荡气回肠。

作为一部长篇英雄史诗，《江格尔》在人物塑造方面取得了突出成就。如描写江格尔，反复铺叙了他苦难的童年与艰苦的战斗经历，把他描写成一位机智、聪明、威武、能干，深受群众拥戴，为宝木巴事业奋斗不息的顶天立地的英雄人物。他作为一代开国汗主，是国家的缔造者、组织者和领导者，受到众勇士和人民的衷心拥戴。他成了众勇士的榜样、头脑和灵魂，人民的希望，是宝木巴繁荣昌盛的象征。

《江格尔》描写最成功的英雄形象是洪古尔。史诗饱含感情地说，洪古尔身上集中了"蒙古人的99个优点"，体现了草原勇士的一切优秀品质。他对蒙古人无限忠诚，对敌人无比痛恨，有山鹰般的勇敢精神，有顽强不屈的斗志。他热爱家乡、热爱蒙古人，不畏强暴，为了宝木巴粉身碎骨也心甘情愿。洪古尔比较突出地体现了蒙古民族那种吃大苦、耐大劳，顽强坚定和英勇尚武的性格。

《江格尔》通过其丰富的思想内容和生动的艺术形象，描绘了洋溢着草原生活气息的风景画与生活图景，体现了蒙古民族特有的性格特征和审美情趣，在艺术风格方面具有鲜明的民族特色。《江格尔》的民族性还表现在语言运用、表现手法等诸多方面。如运用丰富优美

《江格尔》走进课堂

的卫拉特民间口语,融合穿插蒙古族古代民歌、祝词、赞词、格言、谚语,以及大量采用铺陈、夸张、比喻、拟人、头韵、尾韵、腹韵等。

  在新疆的卫拉特地区,散文体的"英雄故事"有了生存的空间。但是,著名的民间艺人有的已经过世,在世的也都已是高龄,面临着"人亡歌息"的危险。随着全球化趋势的增强,经济和社会的急剧变迁,《江格尔》的生存、保护和发展也遇到了新的情况和问题,形势十分严峻。一种传统艺术样式衰落的结果,并不总是表现为湮灭或消失,它可能会以另外的形态寻找生存的契机。因此,对《江格尔》传承人和资料的抢救和保护工作,必须抓紧,以使这部宝贵的史诗长唱于世间。目前,《江格尔》已经被列入国家级非物质文化遗产目录。

  在蒙古人民的心里,《江格尔》像一条流淌千年的河流,从遥远的古代奔流而下,流向天山南北,长久地回响在草原深处,回响在蒙古包里,世世代代滋润着蒙古儿女的心灵。

它是草原上的歌,马背上的诗。

歌舞传奇

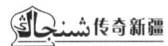

木卡姆：琴弦上的家园

在新疆大地的任何一角，只要有木卡姆，就会有歌声；只要有村落，就听得见木卡姆；只要有人烟，就会有着欢乐或忧伤的歌声。那时，歌声回荡，回答着人生的到来，也回答着人生的离去。在木卡姆的声画中，年轻的人们喜结良缘；在木卡姆的声画中，人们忘记了悲苦。它伴随着维吾尔人从降生到成长、死亡，和他们生死相依。维吾尔著名诗人铁衣甫江为他热爱的木卡姆写下了这样一首诗歌，让维吾尔人为之传唱不息：

维吾尔木卡姆犹如一首摇篮曲，
维吾尔人伴随它诞生。
没有木卡姆的婚礼不会热闹，
离开木卡姆，麦西热甫死气沉沉。
老翁和老妪听了木卡姆，
衰老的躯体便会顿时焕发青春。
垂危者听了木卡姆乐曲，
灵魂将得到安息，死后化为天神。
我庆幸自己一生沉浸在木卡姆中，
愿我的生命和木卡姆永不离分。
朋友，一旦我死去，
请不要哭泣，
只求你用木卡姆为我送行。

《十二木卡姆》中有晨光、美酒、少女、花鹿、火、剑、黑夜、飞蛾、窗子、废墟、空气、麦粒、荒野、花朵、精灵、坟墓、河流、砂石、泪、云团、雨滴……在天山南北，常常可以听到人们唱木卡姆中一些动听

喀什《十二木卡姆》

的歌曲。每到盛大的节日，各种各样的民族乐器一起演奏木卡姆中的曲调，几百人欢歌起舞。金秋时节，处处飘荡着木卡姆激动人心的演唱，抒发着人们对丰收的歌咏和内心的喜悦与欢畅。

《十二木卡姆》集维吾尔古典音乐的大成，是这片土地上人与戈壁、瀚海对峙时灵魂深处的呻吟、哭泣、对抗与和解，也是肉体在历史的时空中湮灭后精神的回旋。

它是神灯，照亮了民族的心灵。

用新疆一位诗人的话说：《十二木卡姆》以可能的长度与时光较量，与日月赛跑。这是一座激情的高峰，一座音乐金字塔，一桌歌、诗、乐、舞的盛宴。宴席上摆放着320首乐曲、44位诗人的4492行诗，全部演唱一遍要花整整24小时！《十二木卡姆》中有时光中的秘径，大

喀什《十二木卡姆》

自然的礼赞,爱的忧伤与狂喜,旷野上的奔跑与呼喊,麻扎中鬼魂的呜咽,宗教的肃穆,苏菲学说的苦行与神秘。它是典雅的宫廷风格与狂野的民间特征的一次伟大的融合。

维吾尔人的精神就蕴含在木卡姆中,博大而宏伟,宽容而隐忍,乐观而蓬勃,是这片高山毗邻盆地、雪峰俯瞰戈壁、多元文化交汇的神奇土地所孕育出来的精华。《十二木卡姆》前承汉唐龟兹、疏勒乐舞之遗风,下开现代维吾尔民间歌舞之先河,兼收并蓄、博采众长,正是维吾尔人精神的投影。

由于职业的关系,我常年行走在天山南北,因而无数有关木卡姆的故事轶闻都可信手拈来。维吾尔木卡姆艺术在2005年11月25日被联合国教科文组织列为第三批"人类口头和非物质文化遗产代表作"。消息传来的时候,新疆大地沉醉在一片欢乐的海洋中,它的成功申报拉开了新疆非物质文化遗产陆续走向世界的大幕,也使我们对新疆文化的多样性更多地翘首期待。

新疆维吾尔木卡姆的定义在经历了无数次讨论后终于有了清晰完

整的内涵。兹述如下:

中国新疆维吾尔木卡姆是流传于中国新疆各维吾尔聚居区的各种木卡姆的总称,是集歌、舞、乐于一体的大型综合艺术形式。现代维吾尔语中,木卡姆一词主要是指"大型套曲",此外还有法则、规范、曲调、乐曲、散板序唱(奏)等多种含义。木卡姆由3个部分组成,即:1.琼乃合曼;2.达斯坦;3.麦西热甫。到公元17世纪,其音乐结构逐步完善,从而形成一种包括"艳"(歌曲)、"趋"(乐曲)、"乱"(歌舞曲)的音乐歌舞套曲。

追溯木卡姆的历史无疑有助于我们的记忆。还原历史的本真,保留历史的血脉,在今天是一件不可或缺的历史使命。有关汉唐大曲的文献记载,为寻找木卡姆的最初面目提供了可靠的技术支持。汉唐大曲歌、舞、乐三位一体的原生态形式在木卡姆中得到了继承和体现,在今天实在是一个惊喜。历史的严酷让中原大曲在自身的艰难生存中,

喀什《十二木卡姆》

逐渐游离于本来面目，丢失了部分记忆，舞蹈淡出，终于迷失了自己。

"礼失而求诸野。"经过动荡的历史岁月，当中原大曲已经仅仅剩下历史文本，躺在敦煌莫高窟、克孜尔石窟和库木图拉石窟等处，在沧桑中回忆起自己的过去时，何曾想到，木卡姆，这个来自遥远边疆的绿洲艺术，居然保留了鲜活的"文本"，作为汉唐大曲的活化石，唤醒了我们对于过去的记忆。

时光荏苒，岁月如流。到16世纪叶尔羌汗国（其治所在新疆的莎车县）的宫廷中，木卡姆形成了16套大型歌舞套曲形式，其中的12套是精华。至此，历史完成了一次集结，它宣告了新疆各地维吾尔木卡姆之集成，并从此奠定了主色调，不断演化至今，对其他维吾尔聚居区的木卡姆从形式到内容都产生了深刻的影响。

木卡姆表演

目前在新疆各绿洲流行的多种维吾尔木卡姆,都与《十二木卡姆》有着直接或间接的联系。流传北部的《伊犁木卡姆》是《十二木卡姆》的直接继承者。其他绿洲由于地域相对独立,其歌舞在接受《十二木卡姆》的同时,显现出文化的主动选择,在乐队组合、主奏乐曲的使用、歌词内容的取舍和发展上显示出自己的特色。

不独如此,木卡姆身上的血统确实很丰富,令人感慨于世界历史的变化莫测,而它始终站在历史交融的最前沿。所以,在木卡姆中,既能见到中国中原音乐和漠北草原音乐的因素,也能见到中亚、南亚、西亚、北非等国家和地区音乐的影响。木卡姆是融合东西方"丝绸之路音乐文化"的独特见证,也是多元一体中华文化中的瑰宝。这种"多元一体"和"混成性"正是自古以来西域文明和维吾尔传统文化交融的集中体现。在岁时的庆典礼仪和节日聚会上,维吾尔木卡姆"话语"的"唤醒"作用,对于当地的文化认同及和谐生活具有不可替代的重要意义。这一有关文化权利的话语系统,成为解读维吾尔人审美心理最重要的依据,是维系民族精神的纽带。

木卡姆中那一支支动人的旋律,其线条丰富多彩,不是整齐对律、均衡对称的形式美,而是远为多样流动的自由美。每一段旋律都包含着许多创造、变革、个性,然而又是那么简洁、朴实、率真,融状物、抒情于一体,兼造型、表情之特征,表现出种种意趣和气势,形成多种风格各异的流派。

木卡姆是一部关于绿洲的传奇。它是维吾尔群众生活中的必需品和营养品。它的演出场地无所不在,大街小巷、茶馆饭店、村镇集市——任何一个场景,都可以飘出木卡姆。任意一个小巴郎(孩子)都可以翩翩起舞。不用说苍髯白发的老者,不要说英俊结实的汉子,就是一个过路的阿西克(流浪艺人)听见了木卡姆的音符,也会背着袷袢,忘我地步入其中。

木卡姆中的歌舞

《十二木卡姆》

喀什地区的莎车县是17世纪著名的木卡姆大师阿曼尼萨汗和卡迪尔的故乡。最初被整理一新的《十二木卡姆》就和这两位大师有着密切的关系。要探寻木卡姆，莎车是不可错过的。

一次下乡到莎车，到达的时候恰逢大雨倾盆。据当地的维吾尔老乡说，已经几年没有下这么大的雨了，这也导致当天拍摄木卡姆的计划成为泡影。眼巴巴盼着第二天晴天的我们抱着遗憾歇息了。"晴天！"第二天一大早，随行的摄影师小丁一声大喊，让睡意惺忪的我们陡然精神一振。果然，老天很配合地露出了灿烂的笑容。按计划，我们赶到当地的木卡姆大师——63岁的玉素甫·托乎提家里。老人看来早起来了，已经在自己的果园里铺好了地毯，供参加木卡姆的大家使用。

今天，玉素甫·托乎提老人和他的班社成员买买提·吐尔地、玉素甫江·艾迈开将要演奏完8套木卡姆。这已成为他们日常生活中必不可少的一部分。玉素甫·托乎提2005年被县政府评为莎车县木卡姆大师，2008年被评为国家级传承人。消息轰动了县里，他被视为县里的光荣。除了享受县里的补助，国家每年还为他发放8000元的传承人补助。说起这些，他激动不已。木卡姆开始后，玉素甫·托乎提老人打着达卜徜徉在木卡姆的节奏中。作为国家级传承人，他精通《十二木卡姆》中的8套。一般来说，能完整地掌握四五套木卡姆的已不多见，能掌握和熟悉8套的已属凤毛麟角。就这一点来说，他无愧于国家级传承人的名号。

这里必须提到阿曼尼萨汗和卡迪尔，没有他们，《十二木卡姆》的发展就会成为一个历史传说。17世纪的莎车熙熙攘攘，是中亚的生命枢纽，集中了当时南疆地区民间流传的木卡姆。如何收集整理是一件令人头痛的事情。阿曼尼萨汗和卡迪尔商量后，决定分头采访和

喀什的阿西克调木卡姆

收集散落在民间的木卡姆。这项工程纷繁复杂,一批批身负重任的乐师被派出去,进行着日复一日年复一年的旅途漫行。绿洲的岁月就在这漫长的时光中终于迎来了喜庆的时刻。经过比较、试验、筛选、精挑细琢,荟萃了16套的木卡姆呼之而出。这16套的名称是:乌扎勒、拉克、乌夏克、法勒·伊拉克、艾介姆、纳瓦、维沙勒、恰和尔赞里甫、巴雅特、木夏乌热克、都尕、斯尕、恰尕尔、潘吉尕、且比亚特、依西来提安库孜。系统化和规范化使16套木卡姆摆脱了以往阿拉伯语的晦涩难懂,也甩掉了以前宫廷音乐中的陈词滥调。纳瓦依的诗歌融进了新的木卡姆中。崭新的木卡姆问世了。

《十二木卡姆》的整理是个具有里程碑意义的划时代的贡献。经过了整合和反复锤炼、雕琢的《十二木卡姆》为其后木卡姆的发展变化定下了基调。如果说,刀郎木卡姆更加通俗、野性十足,可以称之为"俗乐"的话,那么,宫廷"雅乐"的《十二木卡姆》整体华丽、高贵、典雅、隆重、书香气十足,气势宏大如史诗的波澜壮阔,则开启了后世木卡姆千流归大海的历史源头。

经过后世不断整理的《十二木卡姆》由《拉克木卡姆》《且比巴亚特木卡姆》《斯尕木卡姆》《恰哈尔尕木卡姆》《潘吉尕木卡姆》《乌孜哈勒木卡姆》《艾介姆木卡姆》《乌夏克木卡姆》《巴雅特木卡姆》《纳瓦木卡姆》《木夏吾莱克木卡姆》《伊拉克木卡姆》等12套木卡姆组成。每套含歌、乐曲20至30首,长度2小时左右;

采访《十二木卡姆》的最早整理者之一万桐书先生(右)

喀什《十二木卡姆》

12套木卡姆共含歌、乐曲300多首,全部演唱约需20多个小时。其中的每一套都包括琼乃合曼、达斯坦、麦西热甫3个部分。

当我们在最后热烈的麦西热甫中结束了一天的录制时,黄昏已悄然而至。浑然不觉劳累的玉素甫·托乎提老人依然兴致勃勃,这让我们惊叹不已。木卡姆就有着这样一种神奇的魅力,仿佛给人注入了无尽的精神。

这里,需要说明一下琼乃合曼、达斯坦和麦西热甫的内涵。按照《中国新疆维吾尔木卡姆艺术申报书》的解释,这3个部分具有如下含义:

琼乃合曼,作为序曲,由若干首叙咏歌曲、器乐曲和歌舞曲组成,基本上是由"木卡姆奇"(掌握琼乃合曼的演唱人)着重阐明维吾尔人的哲学思想和精神层面的追求,过去主要供上流社会和知识阶层享用。它苍劲深沉,悠长的旋律在散板的节奏中缓缓徜徉,诉说着亘古的沧桑,令听者怆然涕下;它决定着该部木卡姆的"母调",是整个木卡姆中各类曲调的基础和主干。

达斯坦是叙事长诗。在维吾尔民间，主要由"达斯坦奇"（善于唱达斯坦的人）连说带唱地在茶馆、理发馆、饭馆等公众场合及家庭聚会上演唱。达斯坦部分雄浑流畅，如史诗般壮阔瑰丽；它时而铿锵有力，时而凄婉哀怨；历史、人性与爱情随着音乐长河娓娓道来。

麦西热甫，可能源于回鹘汗国的某种宗教仪式，即传说中的乌古斯可汗时期属于萨满教的一种仪式。今天的哈密阔克麦西热甫被视为这个古老仪式的继承者。麦西热甫作为"聚会"的表现形式，是可以人人欢歌纵舞的时候，主要由"乃额曼奇"（民间歌手）或"阿西克"（民间艺人）在街头巷尾单独或结伴吟唱行乞。它载歌载舞，把歌声、鼓声、

喀什《十二木卡姆》

弓弦、拨弦以浓墨重彩挥洒成为灿烂的阳光、热情的火焰，让人群沸腾成欢乐的海洋、喷薄的岩浆。麦西热甫是维吾尔民族巨大的文化空间，是包装和盛放维吾尔艺术的大容器，是绿洲人生活的放大或缩小，是族群"见面"和"通过"的文化之门，是绿洲上的欢乐颂和狂欢节，是新疆绿洲上重要的生活方式和文化传统。

刀郎木卡姆

刀郎是一个特定地区的名称。准确地讲，它应该是塔里木盆地西北缘的叶尔羌河、塔里木河和罗布泊一带。同所有文明的起源、发生、成长一样，这3条大河哺育了一个气质独特的文明——刀郎。这个带有神秘色彩的名字让今天的许多人好奇不已，它究竟是什么意思？或许，这种好奇有助于我们寻找和理解他们的真实文化。

刀郎地区和刀郎人集中居住的地方以麦盖提、巴楚、阿瓦提3县为中心。这一地区位于东半球中部，和东面的太平洋、西面的大西洋的直线距离在3000—5000公里，深处亚洲内陆腹地，因而隐藏着迷人的故事和传说。从叶尔羌河、塔里木河、罗布泊3条大河围绕麦盖提、巴楚、阿瓦提3县的形状看，它们更像是一轮弯月，镶嵌在塔里木盆地的西北边缘。刀郎人就世代繁衍生息在这条被沙漠、戈壁包围的内陆河两岸的狭长绿洲带上。

这里是一片色彩浓重的土地，满是一望无际的胡杨林和连绵起伏的沙丘，把视线甩到了遥远的地平线。红柳、骆驼刺、阿克提干（一种白色的荆棘草）不断涌入眼帘，给苍茫的大地点缀出意想不到的生机。刀郎人就按部落把家安顿在靠近水源、林木丰茂、水草葱郁的地窝子中，日出而猎或牧，日落而息，就在一天的时光中送走了村中岁月。无忧无虑的生活使他们把精力无穷地放在了歌舞上。即使到了21世纪的今天，很多过去的行业遗风，像鹰猎、犬猎、叼羊等活动依然不时活跃在绿色的村落里，在空气中制造着欢笑的声音。但是，这表面

大漠赞歌——胡杨

平静的世界远非如此祥和、安宁，生态的严峻考验时时充斥着刀郎人的心灵，祖祖辈辈流传下来的歌把心存忧患的人们唱得热泪盈眶。

对于这些祖祖辈辈生活在天山南麓冲积平原和叶尔羌河、阿克苏河冲积平原上的人们来说，祖先从哪里来，从来不是一个重要的话题，这也让今天的学者们为之头痛并猜测不已。但收集到的传说或许能让我们轻松一些。

据说，很久以前，有个叫毛拉·衣不拉音木包瓦的人带着4个儿子路过叶尔羌河时，被这里的土地、水道所吸引，不小心把从家乡带来的恰玛古（蔓菁）种子撒到了河边。不久，种子发芽了，最后长出了一大片恰玛古，长满了河边。其中有一棵恰玛古竟然长得像水缸那么大，毛拉·衣不拉音木包瓦和4个儿子一起拔都拔不动。于是就想了个办法，用大刀把这个恰玛古劈成两半，总算取了出来。惊讶于这块水土的肥美，他决定就在此安家落户，代代生活在这片土地上。今天，麦盖提县有一个乡，名字就叫恰玛古。

让我们还是怀揣着这种有趣的传说和喜悦，尾随他们的歌舞而去吧！要知道，刀郎木卡姆在新疆木卡姆中可是别具特色，非同凡响。

玉山·亚亚和艾山·亚亚是孪生兄弟，哥哥玉山·亚亚是国家级传承人。上次我见他们的时候是在2008年，两个老人当时68岁。这一对孪生兄弟，外人分不清，家里人有时也分不清，自然是少不了闹笑话。

第一次到麦盖提县央塔克乡克勒克乌依村的时候，我就来到了兄弟俩的家里。夏日季节，院子里一片绿荫，我们在此采访班社的人员。我刚把玉山·亚亚送走，一抬头看见他又回来了。"我已经采访完你了，你可以走了。"我对他做了个手势，但眼前的"玉山·亚亚"却笑眯眯地不肯走。陪同的县文体局副局长克里奴红尔大笑着过来："他是弟弟艾山·亚亚，刚才是哥哥，我才喊过来让你采访的。"我恍然大悟，惊叹两兄弟真是不好分清楚。

玉山·亚亚和艾山·亚亚兄弟

弟兄俩的班社由5个人组成。别以为他们没出过县城的大门，说起来吓一跳：他们这几年除去过北京、上海等地演出外，还到过英国、法国、日本、荷兰、比利时等，见过大世面了。他们班社能表演全部9套刀郎木卡姆，但时间只有《十二木卡姆》的1/20。今天我们的录制只需要一个半小时就够了。

刀郎木卡姆据说原有12套，但到目前为止，传下来的只有9套。麦盖提、巴楚、阿瓦提3县的刀郎木卡姆名称有所不同。麦盖提县的为《孜尔巴亚宛木卡姆》（又名《巴西巴亚宛木卡姆》）、《乌孜哈尔巴亚宛木卡姆》《区尔巴亚宛木卡姆》（又名《拉克巴亚宛木卡姆》）、《奥坦巴亚宛木卡姆》（又名《木夏吾莱克巴亚宛木卡姆》）、《勃姆巴亚宛木卡姆》《朱拉木卡姆》《丝姆巴亚宛木卡姆》《胡代克巴亚宛木卡姆》和《都尕买特巴亚宛木卡姆》。麦盖提县、阿瓦提县、巴楚县维吾尔人的祖先在从事渔猎、畜牧生活时期就创作了在旷野、山间、草地即兴抒发感情的歌曲，这种歌曲叫作"巴亚宛"（旷野之意）；后来经不断融和、衍变，到公元12世纪，发展形成了"巴亚宛"组曲，这就是刀郎木卡姆的雏形。

作为绿洲文化和牧猎文化的结合体，刀郎木卡姆的"多元一体"至少包含了以下几层台阶式的发展过程：第一层当属早期生活中的绿洲文化，第二层是突厥时期的漠北牧猎文化，第三层是蒙古时代的漠北牧猎文化。

每套刀郎木卡姆由"木迪凯曼""且克脱曼""赛乃姆""赛勒姆""色利尔玛"5部分组成，属于前缀散板序唱的不同节拍、节奏的歌舞曲。每套刀郎木卡姆的长度为6—9分钟，9套木卡姆共包括45段乐曲。

刀郎木卡姆开始了。简单的几声散板，玉山·亚亚闭着双眼，歌

刀郎木卡姆艺人演唱

喉中发出了一种苍凉的声音:"外,安拉!""外,安拉,外,安拉!"这声音是如此焦灼却又苍凉,而紧接着几个人组成的和声仿佛让这种焦灼和希望又结合在了一起。呼喊结束后,声调一变,继而是粗犷却又深情的歌声:

> 如果一生没有爱恋,
> 纵活千年也不如一天。
> 在爱情的烈火面前,
> 炼狱之火只算得火星点点。
> 唉,多么厉害的爱情火焰,
> 唉,折磨得我憔悴不堪。
> 但愿我的心上人平安。

刀郎木卡姆歌声中没有媚甜,即便是对爱情的咏唱,也是痛彻心扉。那种震撼只能意会,却难言传。

他们对家园的忧虑、热爱,全部在沙哑的喉咙里、歌声里。手鼓被敲打得如狂风暴雨,豪放凛冽。鼓若山腾,弦似风啸,如同苍鹰飞翔,大河奔流。"外,安拉!""外,安拉,外,安拉!"这是塔里木红柳的呼号,是克里亚胡杨的嘶喊,面对荒原、戈壁、绿洲、大漠,呼唤着生命和家园。最简单的咏唱却言简意赅地提出的是,从过去到今天再到明天那个古老而痛苦的命题:我们从哪里来,要到哪里去?

哈密木卡姆

哈密在新疆有个非常形象的名字——新疆东大门,古代更形象地称其为"西域襟喉"。也许还可以这样说:如果把新疆比作倾听东西方声音的耳朵的话,那么哈密则是新疆悉心倾听来自中原声音的耳朵。有意思的是,从地图上观察哈密的话,哈密的形状就像一个远古时期头戴尖帽的欧罗巴少女,栩栩如生,相像至极。

青铜时代,这里是游牧人的天堂。作为黄种人的羌人和作为欧罗巴人种的大月氏人、乌孙人、塞人在此驰骋纵横。巴里坤兰州湾子的大月氏人生活遗址、焉不拉克文化遗址把这种多元文化的交融体现得淋漓尽致。

哈密先天就与内地有着紧密的联系。在哈密的七角井还采集到了一颗浅红色的珊瑚珠。另外,于此前后,从哈密五堡墓地发现了许多海贝。五堡墓地距今约 3200 年,这里所见的海贝主要是装饰品,佩带于毛织围巾和衣服上。显然,这些海贝和那颗美丽的珊瑚珠是哈密和中国沿海地区交流而得的物品。地理优势使得哈密在时间和空间上与内地的物产、文化交流十足,也不可避免地先天就会带有内地文化的胎记。

哈密白杨沟大佛寺

伊州乐很好地体现了文化交融的特点,传入中原后,与中原文化发生了化学反应,使很多的气息留在了燕乐之中。同样,作为它的后世继承者的哈密木卡姆也充分反映了这个特征。从风格上看,哈密木卡姆与喀什等地的木卡姆相比,无论在内容、音乐结构还是曲调风格上,都有很大差别,可谓另辟蹊径。

炎热的夏天,正是哈密绿洲四堡这个歌舞之乡的盛宴之时。那一刻,她专心致志、优雅自如地翩翩起舞。舞姿轻盈,庄重典雅,举手投足与音乐浑然一体。这就是那个在哈密木卡姆中闻名于哈密绿洲的民间舞蹈家——当年已经66岁的玛利亚姆罕老人。

玛利亚姆罕从记事起,就在田间地头观看老人们举办木卡姆。"那时候,我们还小,也不懂是怎么回事,就跟着大人跳,也就跳会了。"说到年幼时的情景,老人不由得微笑了。

2007年,哈密遭受百年不遇的特大洪水袭击。由于需要采集一

哈密木卡姆艺人

木卡姆表演

段歌舞,我们到哈密歌舞之乡的四堡村来找这个哈密绿洲最知名的民间舞蹈家玛利亚姆罕。我们到她家听她演奏和跳舞时,正逢洪水冲垮了她的几间房。老太太却不以为意,唱得兴高采烈,跳得酣畅淋漓,把受灾浑然没有当回事。她请来周围的邻居,就在她家的院子里,以夯土的院墙为背景,大家围成一圈,开始了木卡姆的演奏。那一刻永久地定格在我的印象里。

哈密木卡姆是流传在新疆东部哈密地区的一种历史悠久、篇幅宏大、结构完整的大型维吾尔音乐套曲,共有《琼都尔木卡姆》《乌鲁克都尔木卡姆》等12套,其中7套包括两个乐章(即两套曲目),共有258首曲目、数千行歌词。

哈密木卡姆在全疆独树一帜,既有新疆本地的维吾尔文化元素,还有内地陕甘文化的元素,非常有意味。这自然不仅仅和地理位置上接近内地有关,还与文化的交流息息相关。

玛利亚姆罕和她的邻居们分成了两组,一组演奏乐器,另一组

哈密《十二木卡姆》

以她为首,从头至尾地跳舞,乐此不疲。谁真的累了,谁就下去换奏乐器的人。

小南湖村,是哈密花园乡的一个只有170户人家的小村落。然而,这里却保留了古代高车人的民俗。在被称为哈密婚礼麦西热甫的传统游戏中,有抢夺车轮的内容,名叫恰克比斯西,不经意间泄露了古老的历史瞬间。人们把新郎新娘家的木车轱辘卸下来,滚到山坡的高处。新郎新娘两家分成两队,各派一人站在各自木车轱辘的一侧,然后用力将车轱辘从山坡上滚下,滚远者为胜。第二天,车轱辘物归原主,主人家再举行麦西热甫答谢大家。从新疆喀什、库车等地传来的木卡姆,在哈密地区流传的过程中,大都已与当时的民间音乐相融合,并杂有哈密的民歌与歌舞曲,但仍沿用喀什木卡姆之名,如《且比亚特》《木夏乌热克》《乌扎勒》《伊拉克》《恰尔嘎》;而从库尔勒、沙雅、阿瓦提一带传来的刀郎木卡姆,如《刀郎》《木斯塔扎特》等,又展示着和南疆木卡姆的亲密交往,这都成为哈密木卡姆的鲜明特色。

哈密四堡、五堡是西域与内地丝绸之路的出入口，在几千年的往来中，汉文化在此沉淀很深。因此，出现了文化融合后的奇迹也就见之不怪了；如果没有，或许才应该是怪事一桩。无论在清代留下的文献中，还是在今天的生活状态中，都为我们保留了那来自遥远时代的天籁之音。至今还可以看到的两种演出方式依然令人惊叹不已：一种是用维吾尔语和汉语两种语言一齐演唱，一种是完全用汉语意译的演唱。这里许多年纪大的维吾尔老人都会唱这样一首歌："昔克牙甫——门关上，契拉克央朵——灯点上，克格孜沙浪——毡铺上，牙单朵翁——铺盖上。"一句维吾尔语，一句汉语，很有意思。问他们是什么意思，却茫然不知所答，只说是祖先传下来的。另外就是整首歌曲都是用汉语的意译演唱，那首闻名遐迩的《哪里来的骆驼客》就是以这样的方式演唱的："哪里来的骆驼客／吐鲁番来的骆驼／骆驼跑前驮的啥／花椒胡椒姜皮子／花椒胡椒啥价钱／三两三钱三分半／有钱的老爷炕上坐／没钱的老爷地上坐。"

这种演唱方式在全疆是绝无仅有，地域文化的厚重在哈密得到了很好的体现。汉维两种文化的交融把哈密盆地的文化因子激活，成为区域文化史上一道独特的景观。

《哪里来的骆驼客》是哈密麦西热甫中很重要的一首歌曲，至今传唱不息，是哈密独有的瑰宝。这也透露出哈密汉、维吾尔两种文化的有机融合。汉唐直至明清时期，走西口的山西商人以及陕西和甘肃的商人都取道哈密做生意，来来往往，川流不息，关内的文化气息自然就融入进来了。哈密木卡姆散序中飘扬着秦腔，眉户味道行进在木卡姆中，和谐、自然、不露声色，完全融为了一体。

王洛宾在1949年跟随王震将军来到哈密时，被这首歌所吸引。他把这首歌重新编曲配词，改编成了脍炙人口的新版《哪里来的骆驼客》："哪里来的骆驼队，哎亚里美／哈密来的骆驼队，夏里洪巴蕊／天山大雁长空叫，哎亚里美／沙漠脚印一对对，哎亚里美／骆驼驮的勘探队,夏里洪巴蕊／骆驼驮的清澈的水,哎亚里美／勘探姑娘高声唱,哎亚里美／再也不叫沙漠打瞌睡,夏里洪巴蕊。"

当表演的人们唱起这首歌时,我们为突然听到的汉语惊呆了。玛利亚姆罕老人的话让我们大吃一惊:"我们的爷爷、爸爸都是这样唱的,我们的祖先也是这样唱的。"

四堡,这个神奇的地方还有什么我们没有发现的秘密呢?

吐鲁番木卡姆

吐鲁番的热、安西的风、巴里坤的冷被称为"西域三绝"。交河故城和高昌故城把吐鲁番的身影支撑得饱满而有张力。这个地势极低的绿洲在文化上却是个伟岸的大个子,令人羡慕不已。它和库车、和田并称西域时期著名的三大佛教中心。

"送君九月交河北,雪里题诗泪满衣";"交河城边飞鸟绝,轮台路上马蹄滑";"浑炙犁牛烹野驼,交河美酒金叵罗"……唐代有名的边塞诗人岑参长期供职北庭都护府,对于高昌可谓极熟。一年四季往来于高昌和轮台(今天的乌鲁木齐乌拉泊古城)之间,让他感叹于军旅生活的艰辛和豪放。不知是否因为他太繁忙,没见他叙述当时高昌人生活的场景。尽管如此,中唐时代的达观精神却从岑参的诗中显露无疑。高昌乐想必岑参一定尽情欣赏过。《旧唐书·音乐志》对高昌乐的记载很详细:"西魏与高昌通,始有高昌伎。我太宗平高昌,尽收其乐……"这件事是指侯君集平定了原高昌王麴文泰的叛乱后,把高昌乐带回了长安一事。麴文泰笃信佛教,他闻听玄奘到哈密后,派专使把玄奘迎接到高昌,给予了极高礼遇,和玄奘结为兄弟,并请玄奘开坛扬法。玄奘离开时,他派专人一路护送到碎叶。但他在政治上确实是个糊涂虫,闹着搞分裂,自然没什么好结果。侯君集的大军突然出现在高昌城外时,他惊吓之下,一命呜乎。高昌乐被唐太宗列为"十部乐"之一,和龟兹乐、伊州乐都是享有盛誉的著名大曲。

"高昌乐，舞二人，白袄锦袖，赤皮靴，赤皮带，红抹额。乐用答腊鼓一，腰鼓一，鸡娄鼓一，羯鼓一，箫二，横笛二，笙箫二，琵琶二，五弦琵琶二，铜角一，箜篌一。箜篌今亡。"由此可见高昌乐中乐器的丰富性，尤其是"铜角"是西域诸部乐中高昌乐独有的。而乐队也由16名乐工组成，已具相当规模。到宋朝，高昌进入西州回鹘时代，高昌乐已经发展得成熟无比。在宋朝宫廷中，就有小儿宫廷乐队10支，并且至少"柘枝队""剑器队""婆罗门队""醉胡腾队""玉兔浑脱队""异域朝天队""射雕回鹘队"和西域有关。其中，"射雕回鹘队"就是纯粹的高昌乐。宋朝王延德到达高昌时，这里还是一派佛教、摩尼教欣欣向荣的天地。在高昌一年的生活，使王延德对高昌有了完整的了解。回到内地后，他写了一部有关吐鲁番风情的《使高昌记》。

说吐鲁番在文化上是个大个子，绝不是一句妄言。几乎没有任何一个绿洲在文化面貌上像吐鲁番那样丰富多彩。从地域上讲，它位于东西丝路和南北丝路两条大道的交汇点上。东西线经由哈密进入蒙古大草原，通向敦煌；南北线则把楼兰以及塔里木河流域连接起来。从

巴里坤古城德胜门

文化上讲，吐鲁番就像一块海绵，从各个方面吸收精神内容与文字形式。它的突出就在于由中国汉文化精神和突厥回鹘精神所支配的文化占据了主导地位；同时拥有文化多元性和厚重的文化底蕴，有佛教、摩尼教、基督教以及儒家、道教和后来传入的伊斯兰教的积淀；除此而外，还有 17 种文字记录的 22 种语言，是迄今为止世界上最为知名的宗教、语言博物馆。

夕阳下的交河故城，沉浸在一片光的和谐中。当风从城墙上呜呜地飞过去时，一种苍凉的饱经风霜的美从故城升起。难怪著名学者、作家余秋雨说："新疆的一切美，最能弹拨我心弦的，就是故城的废墟。"

2011 年 5 月，鄯善县的吐尔逊·司马义老人打电话到单位，邀请我们全单位的人到鄯善参加他儿子的婚礼。作为国家级传承人，老人经常和我们合作，保持着深厚的感情。5 月的鄯善，天气已经炎热

吐鲁番木卡姆

异常了。到达鲁克沁的时候,老人和家里人早已在门口迎接我们了。

吐尔逊·司马义和买买提乌拉木是当时吐鲁番木卡姆硕果仅存的国家级传承人,我们倍加珍惜。但可惜的是如今两位演唱大师都已经离我们而去,而他们留下的歌声却依然洪亮,荡人心魄。

今天老人的儿子结婚,村里的乡亲们都来了,这使得一个婚礼成为一次村里的聚会。当然这毫不奇怪,在新疆绿洲,这样的事情在一个村庄是很自然发生的,大家都当是自己的事。在这样热闹非凡的聚会上,自然少不了吐鲁番木卡姆的狂欢。吐尔逊·司马义老人巨大的院子就成了狂欢的舞台。

吐鲁番地区两县一市流传的吐鲁番木卡姆,版本大同小异,现在存有11套,即《拉克木卡姆》《且比亚特木卡姆》《木夏吾莱克木卡姆》《恰尔尕木卡姆》《潘吉尕木卡姆》《乌鲁克木卡姆》《纳瓦木卡姆》《萨巴木卡姆》《伊拉克木卡姆》《巴雅特木卡姆》和《刀郎木卡姆》。每套吐鲁番木卡姆由"木凯迪曼""且克特""巴西且克特""亚郎且克特""朱拉""赛乃姆""赛勒克"和"尾声"等8部分组成。11套吐鲁番木卡姆共含66首乐曲,全部唱完需要大约10小时。

这里面有一个细节让我为之瞩目不已:吐鲁番居然还采用鼓吹乐表演的形式,由一支或几支苏乃依奏旋律,3对纳格拉(铁鼓)和一支冬巴克(低音铁鼓)击节。这种节奏听起来令人耳目一新。据已故著名民俗音乐学家周吉先生生前考察,吐鲁番木卡姆包含了清代鲁克沁王府的宫廷音乐和民间流行的木卡姆,演唱风格更接近于与内地相邻的哈密木卡姆。它的一些曲调与内地汉乐曲调相似,常常混杂出现陕西、甘肃民间的曲调。它的特点是第一部木卡姆有两种不同的演出形式,即歌乐形式和鼓吹乐形式,后者节奏欢快明朗,鼓点花哨多变,使曲调跌宕起伏,更富有感染力。在乐器的使用上,吐鲁番木卡姆也别具一格,除使用沙塔尔、弹布尔、都塔尔等传统乐器外,还特别突出发挥唢呐、铁鼓、冬巴鼓和大、小手鼓的作用。

吐鲁番木卡姆中的叼花

还有一个特色也令人感到意外,就是其中的"木凯迪曼"部分,也称"艾则勒"(意为"两行诗"),这是其他绿洲都没有的。吐鲁番木卡姆的歌词除由古典诗歌和民间歌谣组成,具有两种语体风格外,还使用了多音节的长句"艾则勒"格律诗,使木卡姆的唱词雅俗共赏,更加丰富多样。

吐鲁番木卡姆演奏时,每一部都包括"陶库孜能且克特""叶拉且克特""居鲁斯"和"赛勒开"4种曲牌,个别木卡姆中还串唱"赛乃姆"曲牌。最令人大开眼界的是吐鲁番木卡姆中加入的纳孜库姆,这是其他木卡姆所没有的。

在最后的麦西热甫到来时,让人盼望已久的纳孜库姆终于亮相了,许多年轻人也呼啦一下冲进了舞场里。纳孜库姆是模拟舞,可以自由发挥,模仿鸡鸭,只跳不唱。年轻的巴郎子们做出的动作让我们哄然大笑。现场人声鼎沸,欢乐响彻在果园的上空。

吐鲁番是丝绸之路上的一个十字路口,散发着独特的美丽。许多接近它的人,正如被高昌、交河的苍凉之美所震撼一样,为它一咏三叹。而唯有吐鲁番木卡姆,无论何时何地,都会让你遗忘苍凉,只让身体和心灵陷落在欢乐的海洋里。

麦西热甫:维吾尔人的集体狂欢

"麦西热甫"是维吾尔语,意为"欢乐的歌舞聚会"。准确地说,麦西热甫广泛流传于中国新疆各维吾尔族聚居区,其表现形态丰富而多样,是实践维吾尔人传统习俗和展示维吾尔木卡姆、民歌、舞蹈、曲艺、戏剧、杂技、游戏和口头文学等的主要文化空间,是民众传承

哈密阔克麦西热甫

和弘扬伦理道德、民俗礼仪和文化艺术等的主要场合,是维吾尔传统节庆、民俗活动的重要部分。

麦西热甫在新疆曾经多达100多种,目前保留下来的仅有30多种,属于濒危文化遗产和重要的保护对象。

麦西热甫五花八门,各式各样,往往与喜庆节日有关,如"巴依拉姆麦西热甫"("节日麦西热甫")、"托依麦西热甫"(意为"喜庆麦西热甫")等;也与农牧业生产有关,如"卡尔勒克麦西热甫"(意为"迎雪麦西热甫"),从下第一场雪后直至春天麦苗返青时举行的"玛依沙麦西热甫"(意为"青苗麦西热甫")等;此外,也与社交活动和民俗活动有关。

麦西热甫因地区不同,举行的内容、形式和规模都有差异。新疆各地的麦西热甫,各有不同的地方特色。哈密阔克麦西热甫和刀郎麦西热甫,则是新疆最有代表性的两种麦西热甫。

古老的哈密阔克麦西热甫

艾娣亚·买买提是中国社会科学院的博士后,这位维吾尔女学者在考察了包括阔克麦西热甫在内的哈密木卡姆后惊讶地说:哈密阔克麦西热甫的古老性、连续性、完整性在新疆罕见,而且和唐代哈密境内的伊州乐有着密切的承传关系。

至于阔克麦西热甫的具体含义,艾娣亚·买买提说:阔克和麦西热甫是两个词语。阔克有两种意思:一是指蓝天、苍天,二是青苗。麦西热甫一词源自阿拉伯语,意思是聚会。阔克和麦西热甫合在一块儿后,就演化成哈密维吾尔人的一种特殊的民间娱乐形式。实际上,阔克麦西热甫就是青苗麦西热甫。

阔克麦西热甫为哈密独有,当然不是毫无凭据,这和遥远的维吾尔早期历史息息相关。维吾尔人世代相传的史诗《乌古斯可汗的传说》中真实清楚的记载,为今天阔克麦西热甫悠久的历史找到了时间上的渊源和文献佐证。而白雪皑皑的东天山、纯净的白杨河、无垠的大漠戈壁、至美的白杨绿柳和动人的哈密木卡姆，又为阔克麦西热甫注入了浓郁的地域色彩。因而，当哈密木卡姆被称作新疆木卡姆古老的源泉和躯干之一时，哈密民间最重要的阔克麦西热甫不仅是其重要的组成部分，更是证明哈密维吾尔先民长期以来在哈密绿洲生活的文化活化石。

有一年冬天的第一场雪后，哈密绿洲银装素裹。一大清早，我就来到了哈密四堡村，追随以表演阔克麦西热甫而闻名哈密绿洲的64岁的玛利亚姆罕老人，去观赏四堡举行的阔克麦西热甫的全过程。

"阔克麦西热甫"要求在秋收之后的初冬瑞雪之际举行，以投雪信游戏为正式开始。在投雪信游戏中，被投中雪信的家庭向邻里乡亲宣布将举办麦西热甫，从瑞雪开始，延续到来年初春。承办第一场麦西热甫的家庭会在邻里乡亲的帮助下，全力准备阔克麦西热甫。这次很巧，雪信落到了已经85岁的热比汗大娘家。热比汗大娘是哈密四堡有名的热心肠，同时也是跳阔克麦西热甫的老行家。

第一步是准备"阔克小姐"（特为麦西热甫准备的青苗）。热比汗大娘和前来帮忙的妇女们首先从小麦中挑选出颗粒饱满的种子，再选一个当年摘下的大葫芦，切下底部，为托盘大小，将湿棉花均匀地铺在葫芦里面。为使"阔克小姐"长得更好，还要虔诚地进行一番祈祷，之后将麦种种下。被切了口的葫芦里的小麦发出嫩芽，大约长成20厘米的青苗之后，在麦苗周围扎上一圈爆米花，以象征冬日里的雪花。

第二步是用待放的花朵将"阔克"（青苗）环绕起来，就像打扮美丽的少女。"阔克小姐"的上方安上对视的公鸡和母鸡的小模型，周围还要插几朵花。青苗、白色爆米花、系在青苗腰间的花腰带和插在上面的红色花朵，以及公鸡和母鸡的模型合在一起，象征着生命的生机勃勃。

第三步是制作作为麦西热甫执行官权力象征的"杜夏布"。"杜夏

哈密青苗麦西热甫

布"一般又称"昆且齐克",用精选并洗净的胡萝卜、土豆和干果等做饰物。

此时,热比汗大娘手持"杜夏布",宣布阔克麦西热甫开始。她把青苗和装有其他物品的托盘拿出,交给一对男女村民,立于众前。这个时候,参加麦西热甫的村民们的注意力都集中在热比汗身上。这一幕结束后,男村民对大家说:"各位来宾,你们好!托真主的福,上席的请往下席的看,席下的请往席上看,若要说话,请照我的说。"随即在悠扬的艾捷克和手鼓的伴奏下就开始了演唱的环节,这也意味着最高潮时刻的来临。

隆冬时我播下一粒麦种,
愿大家用甘露把它滋润。
我把青苗送给尊贵的客人,

这礼物比世上一切都贵重。
把寺里的唱诗者请来作歌手，
把美丽的少女请来作舞星。
请准备好9只肥羊、30只鹅，
再备好待客的美酒和果品，
下次的麦西热甫就在你家举行……

麦西热甫接近尾声时，全体男女老少都加入了狂欢的队伍。玛利亚姆罕回头对我说："该举行转交仪式了，还要宣布'阔克小姐'转交给谁家了才行。"果不其然，热比汗大娘和72岁的艾买提·司马义老人互诵青苗民谣，并敬"阔克小姐"。作为"阔克小姐"的主人，热比汗大娘将事先准备好的9块羊肉和9个托盘里盛的9种水果呈递给"阔克小姐"的接受者。接受者满怀喜悦地双手接过"阔克小姐"，在大伙儿的簇拥下，一起把"阔克小姐"接回家。送"阔克小姐"活动的场面丝毫不亚于刚才麦西热甫的场面。新主人家门前铺着长毯子，就像接新娘似的。村民们载歌载舞，热热闹闹地把"阔克小姐"送来了。新主人接过"阔克小姐"后，向大家宣布下一轮麦西热甫的正式开场时间。刹那间，众人一片欢呼……

独树一帜的刀郎麦西热甫

到达新疆南部的麦盖提县的时候，正逢7月盛夏。在去乡村的路上，白杨树投影在刚铺好的路面上，把酷暑挡在由树搭成的绿色通道之外。著名的刀郎木卡姆传承人玉山·亚亚、艾山·亚亚两位民间大师兄弟就在这里生活。在玉山·亚亚家里，麦西热甫是照例不可少的狂欢时间。院子里的人们早就按捺不住了，已经有一些人开始随着音乐情不自禁地扭动了身子。

由于地域环境和文化背景的不同，刀郎麦西热甫在新疆独树一帜。

刀郎麦西热甫是维吾尔文化的奇葩。和刀郎木卡姆一样,刀郎麦西热甫主要在塔克拉玛干沙漠边缘的几个绿洲举行,像阿瓦提县、麦盖提县、莎车县和巴楚县等;即便如此,在风格和个别细节上也不尽相同。刀郎麦西热甫的兴起和地域息息相关。这里有一望无际的沙漠,也有一眼望不到边的胡杨树。浩瀚的沙漠和粗犷的胡杨映衬出刀郎人豪爽、热烈、奔放的性格。在艰苦的环境下,歌舞成为这里的维吾尔人生活中不可缺失的部分。

从历史上看,刀郎维吾尔人的先民很早就定居在叶尔羌河、塔里木河流域。其先民一方面保持着突厥语族群固有的音乐歌舞文化,另一方面又不断从周缘土著印欧语居民的音乐歌舞文化中汲取营养,在长达1000余年的历史进程中,逐渐形成了集二者之长、具有浓郁地方特色的刀郎音乐歌舞。而刀郎麦西热甫也就随之伴生,成为刀郎人的

刀郎麦西热甫

精神挚爱。

陪同我们访问的央塔克乡文化站站长穆塔里甫·买买提，曾参加过 2008 年全国青年歌手电视大奖赛，并一举夺得银奖。作为土生土长的刀郎维吾尔人，他对于刀郎麦西热甫耳熟能详，是个极好的文化导游。他告诉我们，刀郎麦西热甫的最大特点是男女一起歌唱、舞蹈。由于刀郎人居住的地方相对偏僻，受宗教影响不是很大，因而这里的妇女天性开朗，豪放大方，男女地位也比较平等。下地时，妇女和男人们一起干活；在田间地头休息或平常聚会搞麦西热甫时，妇女则和男子汉们一起纵情歌唱、尽兴跳舞。

在艰苦的地方，排遣精神上的寂寞的最好方式就是高密度地举行麦西热甫。这种晚间和休息日的聚会在刀郎人的生活中起到了意想不到的作用，是赶走痛苦和迎来欢乐的使者。不管在什么样的艰苦岁月中，对精神的追求和慰藉总能使生活充满快乐和希望。在现代工业文明还没有进入的时候，最好的抒发感情的方式就是载歌载舞，自得其乐。刀郎麦西热甫先天而来的淳朴奔放，铸造了刀郎人的阳刚和粗犷。

说话间，院子里已经坐满了艺人们。农闲时，他们是艺人，农忙时就是农民，双重身份的转换在这里显得很自然。刀郎人按照自己的习惯围坐成圈，而乐手们则坐在一隅。穆塔里甫刚想进去，被我一把拉住："今天你可不能进去，你要给我们好好讲解一下。"显然，浓烈的歌舞氛围已经让他跃跃欲试。

此时，悠扬婉转的刀郎艾捷克、刀郎热瓦甫和卡隆琴响起来了，紧接着几个人又打起了手鼓，玉山·亚亚已经陶醉于音乐，闭着双眼在唱序曲，一对对青年男女翩翩起舞。刀郎人有一种天生的自豪，穆塔里甫笑言："我们会说话就会唱歌，会走路就会跳舞。"看看现场，的确如此：从脚步蹒跚的小巴郎子到七八十岁的老人，抬脚就跳，张嘴就唱。这时候，伴奏的音乐节奏已经明显加快，跳舞的人们大声歌唱着，舞者的动作仿佛在进行一场紧张有序的狩猎活动。随着乐曲节奏的加快，舞蹈的动作也加快，仿佛进入了与野兽搏斗和棒打的动作。整个舞蹈动作十分激烈，旋转的动作更多。有些研究刀郎麦西热甫的人说，这是在寻找猎物，而高声呐喊是为了吓走狼群。这种舞蹈与刀郎人最初的狩猎活动有关，铭刻着古老生活的印痕。都说艺术来源于生活，从刀郎歌舞看，一点也不假。

歌舞尽兴之后，就是麦西热甫最精彩的部分。

"在我们这里，麦西热甫有着长期流传下来的、为人们共同遵守的道德规范和纪律。麦西热甫的参加人要推选公正无私并有一定威望的人来充任青年首领、'法官'和纪律执行人，他们有权对那些不经允许而离开现场、无故迟到、歌舞中破坏秩序等违反纪律者进行'审讯'、'裁决'和'惩罚'。被罚者或拿出自家的水果来招待大家，或做种种令人发笑的游戏，其间充满了喜剧色彩，受罚者也同样感到高兴。通过这种'惩罚'娱乐，使村民受到遵守纪律、规则等多方面的教育。"穆塔里甫给我介绍麦西热甫的这些细节，使我兴趣盎然。在麦西热甫里居然有这样的内容，实在是很有趣的事情。

"判官司"是针对违反麦西热甫规则和纪律的人而实施的一种处罚性游戏。先要协商推举伊格提别西（总指挥）、喀孜伯克（宗教法官）、帕夏甫（执法监督官）、多尕尔伯克（侍从官）等麦西热甫纪律监督执法人员，承担受理诉状、判决、执行等职责。不论是谁违反和破坏麦西热甫秩序，都要根据问题的轻重程度，宣布和采取不同的处罚方式，并当场执行处罚。麦西热甫这个独特的文化空间，此时成为缩小了的社会和学校。穆塔里甫笑道："在麦西热甫中属于犯错的范围比较广，比如喝完茶后没有将茶碗归还主人，不坐在一个地方、乱窜，大声嚷嚷，不礼貌地从别人面前横过，在麦西热甫中闷闷不乐、情绪低落，踩在脏物上、弄脏了舞场设备，高傲自大、目空一切，不经允许外出或是准许后频繁外出，在游戏中发火生气，等等。总之，不被人们所喜欢和乐意的一切不良行为，都在可以告状和处罚的范围里。"

"判官司"里有两个节目令人忍俊不禁,一个是"打烤包子",一个是"照相"。"打烤包子"要求受罚人光背光头,跪在地上,一人充当烤包子匠人,先在受罚人背上洒水,然后两个拳头不断揉其背部,做和面的动作,接着竖起两个手掌为刀刃,在受罚人头上做剁葱头和剁肉馅的动作。在包包子、烤取包子的过程中,受罚人的上身无处不挨拍打、揉搓,双颊与背部被拍打得几乎麻木,使受罚人后悔万分,一再表示悔改。

刀郎麦西热甫年轻艺人

在"照相"的处罚中,受罚人除了裤子全要脱掉,还要把胸部贴在冰凉的墙壁上,将两臂伸开,形成十字架状。扮演"照相师"的人拿一葫芦冷水,不断向受罚人背部喷洒,直到墙的干燥部分显出人形为止。由于人体挨着的部分没有沾水,墙上就会渐渐出现一个人形。这种处罚多在冬季进行,受罚人会冻得不断颤抖。

"在这里,人的思想升华了,污染的情感受到洗濯,扭曲的灵魂得到锻制。胆怯者变得勇敢,颓唐者变得振作;迷惘时给你希望,痛苦时给你欢乐……"仿佛受到巨大的感染,穆塔里甫向我娓娓讲述着刀郎麦西热甫的丰富情节和深层含义。

当我离开这里的时候,心静依然难以平静。这样的麦西热甫,的确集中展示了刀郎维吾尔人独特的文化内涵,浓缩了刀郎维吾尔人精神的纯净。

新疆南部乡间的淳朴,还原出社会的纯洁。

纳孜库姆:如花绽放的模拟舞蹈

东天山的哺育滋润出哈密和吐鲁番两个著名的绿洲。世世代代在此生活的维吾尔居民,创造了歌唱绿洲生活的东疆木卡姆——哈密木卡姆和吐鲁番木卡姆。

这两种木卡姆整体风格典雅、庄重。但出人意料的是,哈密木卡姆和吐鲁番木卡姆之中,还藏着一种另类的模仿动物的舞蹈,如模仿鸡、鸭、马、骆驼等的神态的舞蹈,极有趣味,滑稽可笑,深受绿洲居民的欢迎。这种模拟动物的舞蹈被亲切地称为"纳孜库姆"。

纳孜库姆产生于吐鲁番,流行于鄯善、托克逊、哈密等地区。纳孜库姆舞风格热烈奔放,动作诙谐幽默。纳孜库姆是在婚礼和喜庆节日中最精彩的表演,可以自由发挥,模仿生活中的各种动作或造型,表达人们热爱生活的感情,被称作"维吾尔迪斯科"。

关于"纳孜库姆"一词的含义,目前在学术界还没有统一的解释,但有几个传说很有趣味。

传说很久以前,纳孜库姆是人们在庆祝战争胜利时,用于欢庆活动的舞蹈。在欢庆活动中,人们随着鼓点和音乐节奏,做出各种古怪动作来丑化敌方的受伤士兵和愚蠢的将官,后来逐渐演变为民间表达喜庆的舞蹈。

还有一个传说是:吐鲁番过去有一个王子有残疾,不会走路。王宫里有一个神经兮兮的仆人叫纳孜(维吾尔语中把脑子缺根筋的人叫KAM,也就是"库姆"的谐音,所以纳孜也叫纳孜库姆)。纳孜库姆与残疾王子关系密切,经常模仿鸡、鸭等动物逗小王子开心。王子觉得有趣,也极力模仿。后来王子真的会走路了,国王举行大型舞宴以示庆祝。宴会上,国王邀请纳孜库姆展示教小王子学会走路的经过。

纳孜库姆就随着音乐鼓点模仿鸡、鸭等动物的动作。从那以后，这种舞蹈在吐鲁番地区流行开来，纳孜库姆也就成为了这种舞蹈的名称。人们在喜庆活动中，模仿纳孜库姆的动作，以示健康吉祥之意。

吐鲁番纳孜库姆

也正因为这种舞蹈活泼有趣，才深受人们喜爱，风靡至今。

其实，在著名的龟兹乐和伊州乐中，就有着纳孜库姆舞蹈的身影。龟兹乐舞中模拟动物的舞蹈有猴舞、马舞、鸟舞、狮子舞。伊州乐舞中模拟动物的舞蹈有鸡舞、马舞、骆驼舞。其中，骆驼舞是30人的大型舞蹈，舞者弯腰弓背，首尾相接，如行进的驼队，妙趣横生。

《新唐书·黠戛斯传》载："戏有弄驼、狮子、马伎、绳伎等。"由此可知，模仿动物的舞蹈在古时西域游牧民族中普遍流行。伊州乐舞中流传到今天的鸡舞过去为面具舞，但是如今已经不戴面具了。鸡舞在哈密木卡姆中，可以和木卡姆一起进行，也可以单独进行。歌舞节奏铿锵有力，鼓声密集，使观众在大笑之中，享受到一场歌舞大餐。

纳孜库姆多由男性即兴舞蹈，以两人为一组，有时也有女性参与。开始时合着音乐各自表演，随着节奏转快形成高潮，然后就进入竞技性的表演。先是做常见的动作，你高我低，你左我右，配合默契。忽而一人用新的动作难住对方，对方照样模拟后又创造新的动作给以回敬。

围观的人配着有规律的鼓点，呼喊着"加根儿窜根儿加！""阿

哈密纳孜库姆

拉买斯嗨!"等鼓动性的语言给表演者加油助兴。这时,地上常常放有绢花等物品让他们去取。表演者则大显身手,力图用难度更大的技巧动作难倒对方。如下腰反手取物,或俯地背手用嘴叼起绢花等,把表演推到最高潮,继而在群众的赞叹声中结束。

纳孜库姆的伴奏乐器是艾捷克、热瓦甫、弹布尔、手鼓、唢呐和铁鼓等。有经验的鼓手可以调节场上的情绪,根据表演者的情绪变化打出鼓点,让场上的舞者如痴如醉、情绪高昂。

据说,纳孜库姆跳得最热闹的地方要属哈密市五堡乡四堡村。这里的人们跳起纳孜库姆,可以大汗淋漓地跳上一天,直到筋疲力尽为止。

在吐鲁番,纳孜库姆跳得最好的地方是二堡。这一带的纳孜库姆音乐节奏中吸收了汉族的鼓点,舞蹈中吸收了跨腿跳转和蒙古族动肩等动作,看上去赏心悦目,堪称纳孜库姆的经典。

传奇新疆

手艺传奇

锵：木卡姆的乐魂

一直对维吾尔人称之为"锵"的乐器充满好奇，这是因为在天山南北的木卡姆中均有它的身影。由于和内地扬琴的高度神似，本土新疆人送给它一个好听的名字——"新疆扬琴"。在新疆木卡姆的演奏中，锵具有重要作用。打一个不见得很准确的比喻的话，它是乐器中的主唱和灵魂。

经过麦盖提县央塔克乡跃进村的时候，知道这里是著名的刀郎木卡姆的发源地之一，这使我下决心对锵做个细致的了解。按照计划录制完长达一个多小时的刀郎木卡姆后，我赶紧上去拉住刚才弹奏锵的刀郎木卡姆艺人热合木·卡德，问他会不会做扬琴。他稍显腼腆地说："会。"兴奋的我自然不会放弃这个顺手而得的机会，拉着央塔克乡的文化站站长穆塔里甫·买买提就跟着去了。热合木的家有4间房是居室，还有2间是他的作坊。院子很大，一角堆满了桑木、杏木等材料。他从屋里拿出一个极为陈旧的扬琴架子说："这个是50年前的，已经坏掉了。你看，做卡隆要先做外面的这几个面板，最好用桑木的。"他回头指指墙角堆放的材料，摇摇头说："我们这里现在桑木不轻易让伐，我这里的都是从喀什那里买到的。用桑木做的面板，比哪个木头都好。""那卖得也好，价格

锵演奏

也贵嘛！"我接过话头，他一下笑了起来。在儿子和另外一个年轻人的帮助下，他把主要的工序做了演示。

第一步自然是要把找好的桑木锯开。他让儿子量好尺寸，亲自放到切割锯上切割。听着切割锯的轰鸣声，我对穆塔里甫·买买提说："你们这里也用上这些设备了，效率高了。"他认真地说："就是。农闲的时候搞搞乐器，也能增加收入。"这的确有道理。央塔克乡是刀郎木卡姆的起源和代表之一。随着刀郎木卡姆在全国知名度的不断提高，到这里参观、旅游、采访、采风的非常之多。就地买一个刀郎木卡姆的乐器，花不了多少钱，也算满载而归。热合木·卡德切割完毕，分别摆好做正面和共鸣箱的面板，就开始动手。

第二步，要凿挖出呈中空的扁梯形，左曲右直，制成左半张扬琴的雏形，是技术含量比较高的活儿。这个过程是缓慢的。多才多艺的穆塔里甫·买买提说："还要等好一会儿。这样，我给你唱一段木卡姆，用维吾尔语和汉语分别唱。"这自然让我欢欣不已。要知道，他可是参加过中央电视台第13届青歌赛，和其他10个维吾尔年轻人合作组成"刀郎组合"，以刀郎木卡姆技惊四座，一举夺得银奖。这是当年最大的一匹黑马，是2008年全中国最为津津乐道的话题之一。据媒体统计，刀郎木卡姆是当年中国的热门词语之一，厉害啊。如果还用得着去想穆塔里甫的歌喉是不是好听，定然会成为一个笑话。热合木·卡德老人边凿边笑着说："我给你伴唱。"穆塔里甫·买买提到房里拿出一个手鼓，坐下就且歌且拍了起来。

"你的牙像玛瑙一样宝贵／你的嘴如含苞欲放的玫瑰／你走出大门的时候／花花世界全都往后退／情人啊，你是来把我瞧瞧／还是来为了把我炙烤／莫不是让熄灭的情火／又在我的心田里燃烧／我去无边无际的荒滩／好像看到了情人的宫殿／我心中因情火而来的烦恼／是否我死后才能消散？"

我走过天山南北的许多田间地头，听过许多艺人的歌。这些艺人其实很多都是农民,歌喉一开,声音之宏亮、质朴令人赞叹不已,穆塔里甫·买买提也是如此。央塔克的玉山、艾山是孪生兄弟,他俩和其他几个老艺人是最早把刀郎木卡姆唱到全国的。由于新疆文化厅的大力推介,他们的足迹远至法国、英国、日本、荷兰、比利时等,在中国参加的活动就更多了。

热合木·卡德老人开始第三步了,这就是制作琴框。琴框是共鸣箱的四周边框,系用长短、厚度不同,而宽度必定一致的4块桑木板制作。同样,这个程序凭借的除了技术就是经验。只见他把左侧框板慢慢浸入水中,让儿子把炉火架好,凝神屏气把浸泡的面板拿到火炉上烘烤,两手用力让板子呈现出优美的弧度。烤好后,老人坐下,把琴框上、下两面分别粘上刚才用桑木薄板制成的面板和底板。锵的形状和模样就展现出来了。

这时,结束了美妙歌声的穆塔里甫·买买提给我们指着说:"你们看,在琴箱的前框板上,要雕刻上维吾尔风格的图案花纹。锵有16组或18组琴弦,每组为两条同音弦。不同的缠弦,依弦的直径、长度不同而发出高低有别的音响。低音弦粗长,高音弦细短。"我们聚精会神地看完听完,不禁由衷赞叹这复杂而纷繁的工艺。

说起来,中国扬琴分为两派,一南一北。南派于明代末年自波斯(今伊朗)经海路传入中国,最初只在广东沿海一带流传,后逐渐遍及闽浙、江淮和中原。而新疆的锵,未必列入北派,但的确是由西亚、中亚一带经"丝绸之路"直接传入新疆的,其时应早于明末,18世纪末又传到东疆哈密。由于锵适于演奏维吾尔木卡姆音乐和为民间歌舞伴奏,很快便传遍天山南北和新疆的主要城镇。

幸运的是,同行的不乏精通维吾尔各样乐器的专家。我的同事——新疆著名的维吾尔作曲家、学者亚森·木合甫力恰好在场,有时候田野作业完毕,难耐技痒,就和艺人们互动合作一曲。他对各类维吾尔乐器的精熟让艺人们佩服至极。我请教他对锵的看法时,他说:"锵

木卡姆乐器中的主角——锵

是弦最多的古老的维吾尔民间弹拨乐器,史籍中称七十二弦琵琶,记录这种乐器有 18 档钢弦,形如扬琴,左侧平齐,右侧和后侧窄,用手弹拨,调音器上弦。经过几个世纪的改进,在音质上又有了提高。发出的声音清脆悦耳,近似古筝,但比古筝的音色更明亮。"

　　清代《皇朝礼器图式》和《清朝续文献通考》都记述了锵的形制并绘有图像。锵在清代被列入《回部乐》,在新疆民间流行很广。成书于清代的《钦定大清会典图》中,锵被称为"克尔尼"。1985 年,中国著名音乐史学家阴法鲁先生,在《中国音乐学》杂志创刊号上发表了《古代中外音乐文化交流问题探讨》一文,认为锵和中国古代曾经流传的卧箜篌有密切关系。他写道:"新疆至今还常用的'锵',就是卧箜篌一类的乐器。"

　　民间制作的锵,生长在广袤的天山南北,呼吸着纯真的田野气息。对于绿洲中的城市而言,锵在发生着变化。

亚森·木合甫力显然非常清楚这种细节上的区别。他对我说："现在我们新疆城市中制作的锵，琴体骨架采用金属结构，内腔装设齿形音梁、横衬条、面板上增置铝制滚轴及滚轴条等部件，解决了因新疆气候干燥、温度变化急剧而导致琴体弯曲变形、易跑弦的问题，又使音色亮度增加、音量增大，表现力更强了。演奏的时候，采用坐姿。把锵置于琴架或桌面上，两手各执一支琴竹，分别敲击琴马两侧的琴弦而发音。常用技巧有揉弦、拨弦、琶音、衬音和八度轮音等。揉弦与内地扬琴不同，一般为压揉。可用于独奏、合奏或伴奏，擅于演奏刚健、欢快、热情奔放的旋律，富有浓郁的民族风格。"

新疆绿洲，在夏日绿色的葡萄架下或路边的荫凉下，或是在乡村、城市的茶馆或饭馆中，热爱木卡姆的人们无论是荷锄归来还是下班归来，几个人就可以不约而同各拿着各的乐器，把锵和它的弹奏者围在中间，引吭高歌。那时，木卡姆的声音就徘徊在小巷路口，路过闻听的人有时就忘了回家，倾听中跳将起来。围观的小巴郎子忍不住就冲进去，用可爱的舞姿引起欢声一片。这个时候的锵也就越发高亢而明亮。

托布秀尔：和草原一起歌唱

草原是一条可以回家的路。来到心驰神往的和布克赛尔草原，我的身心也仿佛告别了多时的疲倦。与托布秀尔的相逢使心灵如枯木逢春。

和布克赛尔，念起来铿锵而又不乏韵律的节奏美。牧民们说，"和布克"和"赛尔"均为蒙古语，汉语意为梅花鹿和马背，和布克赛尔意为马背上的梅花鹿。不知这是否是当地人对于身居之地的一种梦想。或许在很久很久以前，梅花鹿真的在这里繁衍生息。和布克赛尔生活的蒙古人是土尔扈特部渥巴锡汗从伏尔加河流域迁徙回来的后裔。伴

手艺传奇

托布秀尔演奏

随他们一起回来的就是伟大的《江格尔》。在无数寒风刺骨的日子里，一部《江格尔》、一把托布秀尔就是他们精神的营养，支撑他们翻越千山万水，回到祖国的土地。

和那个叫巴音的蒙古汉子的相逢是在牧场的一角。看见他时，他正独自抱着托布秀尔自得地自拉自唱。我们没有打搅他，静静地听，直到他感觉有人，一回头望见我们的时候。托布秀尔就这样进入我们的眼帘。我一直确信，在寻找游牧民族记忆的时候，音乐和乐器是可信的途径，它能用语言、情感和思想带你进入时空交错的历史密境。

托布秀尔是蒙古人的乐器，意思是"敲的东西"，乍看起来和柯尔克孜人的库姆孜和哈萨克人的冬不拉非常相似，它们被视作中国北方古代游牧民族所流传的木质短颈拨弦乐器的后裔。游牧民族在很多方面惊人的相似之处在乐器上有着生动的反映。巴音制作托布秀尔已经是第八代了，这的确很是令人惊喜。这种二弦乐器在新疆很多蒙古聚居区流行，尤其在和布克赛尔，更是家家不能少的伙伴。

巴音摆开了托布秀尔的制作原料。陪同的冬梅也是蒙古族，显然非常熟悉制作程序。她拿起一把托布秀尔，指点着说："托布秀尔的琴身一般是用沙枣木。做的时候，要先画好图样，然后挖槽。"巴音连声应和。他把一个已经挖了一多半的琴身拿起来，用刀继续削着。冬梅把一个托布秀尔放在手上，随意拨了几下，然后就边弹边唱起来。一连几首，几乎就是她的表演秀，实在令人赞叹不已。游牧民族天生大方好歌舞，不似农耕民族的含蓄谦逊。也许我们有时候真的应该活得从容简单些，多一些歌声，少一些心机。

下面一个程序是在托布秀尔的面板中部掏一个圆形共鸣孔或3个品字形共鸣小孔。这个环节在巴音手里看起来纯熟无比，多年来的技艺让他做起这些来显得游刃有余，每个动作都干脆利索，很有节奏。冬梅停下了弹奏，告诉我们："托布秀尔的历史和蒙古民族的历史一样久远。13世纪70年代，意大利的旅行家马可·波罗经新疆去往北京的途中,他在蒙古草原就见过并留下了记载。蒙古人当中有很多演奏高手,他们的演奏技巧、曲目都是家传的。我们县上的道·鲁木加甫老人都70了,是他们家族第七代'托布秀尔奇',在草原上无人不知无人不晓。"这真使我马上就想去采访一下这位老艺人。在和布克赛尔,除去大名鼎鼎的"江格尔奇"加·朱乃老人,居然还有一个著名的"托布秀尔奇",实在是一个好消息。

在巴音开始雕琢琴杆和杆首的时候,冬梅告诉我们托布秀尔的来历,这使我兴趣大增——在少数民间传说中,常常会有一些意想不到的信息。"在土尔扈特人中有着这样一个传说:那是很久以前,有一个放羊的土尔扈特蒙古族小伙子。有一天,他把羊赶上山后,坐在一棵大树边休息时,听到树上的一个大洞口有呜呜的鸣叫声。他一看,原来是洞口上挂着的几缕马尾被风吹出了声音。他既惊奇又兴奋,砍来树木,掏成音箱,挂上马尾弦,做成了第一个托布秀尔。"有些乐器也许就是源于这样的一个偶然,来到我们祖先的身边。然后,他们在情感成长中,用遗留下来的乐器告诉我们有关他们的喜怒哀乐、爱恨情仇。

杆身和琴身可以雕刻或涂绘各种精美的图案,巴音刻的是马。在这方面,蒙古人是天生的艺术家。他们喜欢尽善尽美,有的还刻画着各种珍禽异兽或其他生肖,独具匠心地显示着自己的审美情趣,也传递给欣赏托布秀尔的人。巴音屏声静气地在琴杆和杆首上雕琢完毕后,接着做两个琴轸,它们将分置杆首的两侧。在《西域图志》中,有关于"圆布舒尔"(即托布秀尔)详细记录:"圆布舒尔,即二弦也。以木为槽,形方,底有孔。面长六寸八分二厘六毫,阔五寸三分九厘三毫。边长七寸八分八厘五毫,阔六寸四分八厘。以木为柄,自山口至槽边内际,长一尺七寸二分八厘,上阔九分一厘,下阔一寸零七厘八毫。曲首长于槽面,阔等。后开槽以设弦轴,槽长二寸零四厘,阔三分。轴长四寸零四厘,弦自山口至覆手内际,长二尺三寸零四厘。通

巴音布鲁克蒙古牧民沙吾尔登

体用樟木，槽面用桐木。施弦二，以羊肠为之。系于左右两小轴，以手冒拨指弹之取声。"

新疆的蒙古人对托布秀尔的热爱难以置信。当然，这充分说明了在日常生活中，托布秀尔就是家庭的一员和伙伴，没有这个伙伴也几乎就茶饭不思。有一个故事最能说明托布秀尔琴在蒙古牧人中无可替代的地位：一位蒙古长者病了，整日茶饭不思，亲戚朋友来了仍是躺在床上，似乎这日子没有什么让他再能提起劲头。他的儿子灵机一动，想到了托布秀尔，就请当地最好的"托布秀尔奇"以最传统的仪式恭请托布秀尔琴。托布秀尔的琴声果然起到了神奇的作用，病恹恹的老人听到托布秀尔琴声，眼里一下有了光，腿上也有了劲，竟然下了床，还跟着音乐跳了一曲沙吾尔登。

　　托布秀尔音色和草原一样，浑厚、优美、穿透力强；可以独奏，也可以合奏；可以为民歌伴奏，也为英雄史诗《江格尔》的演唱者伴奏。加·朱乃老人在说唱《江格尔》时，一直用托布秀尔为自己伴奏。在和布克赛尔，《江格尔》和加·朱乃老人以及托布秀尔是一个和谐的整体。"江格尔奇"手持托布秀尔，尽自己所记连续不断地一次唱完，听的人也要聚精会神一次听完。过去，每当一位"江格尔奇"来到村子时，刚吃过晚饭，村子里的孩子们就已经围上来恳求他说唱《江格尔》。于是，"江格尔奇"怀抱托布秀尔，神色庄重地开始说唱，但孩子们往往是听了一半就睡着了，而大人们一直要听完。对大人们而言，如果不听完就去睡觉的话，那是要折寿的。那时的人们相信，演唱《江格尔》的时候，山水神灵都能来听；在托布秀尔的琴声中，自己实在没有什么理由敢在《江格尔》的歌声中酣然睡去。

　　到最后一个程序了，就是给琴上琴弦。巴音说，现在上的琴弦，有的用丝线，也有的用钢丝弦，但是他采用的还是古老的方法。关于这一点是极有讲究的。以往，山上牧人的蒙古包里挂着的托布秀尔琴的琴弦都是由山羊细肠制成的。那时的制琴者如果是春夏之际做好了琴，就必须按捺住焦急的性子，要

托布秀尔

等到秋后,在满山膘肥体壮的小山羊中挑选最健硕的宰杀,挑拣出细肠,风干后制成琴弦。这样做出的琴弦才能奏出草原最美的声音和音乐。

在广袤的和布克赛尔草原聆听着这近似梦幻的音乐时,我忍不住极目远眺。托布秀尔以纯粹而古老的记忆还原着祖先们的声音和身影。这"天苍苍,野茫茫,风吹草低见牛羊"的大草原在深处总为我们带来意想不到的感叹和感动。

巴音该不是最后的传承人吧?

巴拉曼:吹绿天山南北

和田对我来说,从来都像磁石一样吸引,这固然不乏大名鼎鼎的和田玉的缘故。虽然是位于塔克拉玛干沙漠南缘的一个绿洲,但却丝毫无损和田内心的绚烂。因为自古以来,和田就是一个不缺传奇的地方。

赶到和田的时候,恰逢酷暑7月,不时有赶着毛驴车的维吾尔汉子唱着不知名的歌从眼前飘过。我们去的托乎拉乡是当地的歌舞之乡,无论是木卡姆还是其他民间歌舞都具有明显的地域特色。

这个位于新疆维吾尔自治区最南端的绿洲,南枕昆仑山和喀喇昆仑山,北部深入塔克拉玛干大沙漠腹地,地处丝绸之路南道要冲,为古代中西陆路必经之地。公元675年,唐王朝在此设毗沙都督府。到后晋(936—947)时,历史上著名的于阗国王李圣天被后晋册封为大宝于阗国国王。唐代大名鼎鼎的尉迟部落就是这里的王族,包括李世民帐下威名赫赫的战将尉迟恭,著名画家尉迟青等。就历史背景而言,和田丝毫不逊色于喀什、吐鲁番这样的历史名城。古称于阗的和田,在伊斯兰化之前,是西域著名的佛都。鼎鼎大名的约特干遗址就位于和田县巴格其镇艾拉曼村,是汉至宋代时期的佛国遗址,斯坦因曾两

和田的阿西克调木卡姆

次来这里挖掘文物,写下了脍炙人口的《沙埋和田废墟记》。

和田的巴拉曼在南部新疆有着不小的名气。一路过来,心里就盼望着和巴拉曼的早日相逢。说起来有个缘故,2008年初,我受单位安排,把已经成功申报为联合国教科文组织"人类非物质文化遗产代表作"的《中国新疆维吾尔木卡姆艺术》从申报文本改写成通俗文本。记得写好初步框架后,当时还健在的著名音乐学家周吉老师和我谈到巴拉曼和胡笳的关系时,曾认真地对我说:"你把巴拉曼说成是胡笳不对,应该是筚篥,但筚篥和胡笳二者是有亲缘关系的。"专家的话让我为之震惊不已,巴拉曼居然就是筚篥。

80岁的伊干拜德·艾山老人是托乎拉乡里有名的巴拉曼艺人。对于许多民间艺人来说,会吹弹什么乐器,就会制作什么乐器。伊干拜德·艾山老人对陪同而来的和田地区文联秘书长阿依买买提说:"做这个东西很容易,我们这里会吹的都会。"言语之中不乏骄傲。说

巴拉曼演奏

完,老人在房间里立在墙边的一堆粗大的芦苇中寻找了一会儿,直到找出一根感觉满意的。拿在手中的那只笔直的芦苇秆看起来有 30 多厘米长,直径约有 1 厘米。他反复端详了会儿,削去了头尾,原来长长的芦苇管只剩下 20 厘米左右。然后,在靠近芦苇根的一端,用锋利的小刀削出 45 度的斜角。这里牵涉到一个常识,当地人家喻户晓:制作巴拉曼所必要的材料——芦苇是有讲究的。芦苇材质的优劣与采集季节、生长的环境都有很大的关系。通常,干旱荒漠生长的芦苇苇节较短,苇管细小,表皮粗糙,缺乏韧性;而池塘生长的芦苇最大的缺陷是皮质纤薄,含水量较多,很容易萎缩;质地良好的芦苇要到山间阴面的坡地上寻找。春天里采得的芦苇容易变形,最好的采集时间是秋天。采集的芦苇要及时立贴在平整的墙壁,慢慢风干。贮存两年以上的芦苇只能用来架炉火。

阿依买买提是当地知名的作家和土著,他对巴拉曼的历史显然比较清楚。他对我说:"巴拉曼在新疆民间又称皮皮、毕毕、巴拉曼皮皮。巴拉曼是我们维吾尔人和乌孜别克人特有的双簧气鸣乐器,流行于咱们新疆南部和东部,像和田、麦盖提、莎车、鄯善、吐鲁番等地。汉文史籍中曾译为巴拉满,它还有芦笛、芦管之称。"在我的理解中,巴拉曼和哈萨克人的斯布孜额、蒙古图瓦人的苏尔以及蒙古人的淖尔同属于一个系统,算是一源多流。说起来也不奇怪,这些吹管都是人类早期处于游牧社会时的发明。令人惊讶的是,经过几千年的沧海桑田,从我们的天山南北到遥远的"金山银水"、阿尔泰,都还保存有这样原始的记忆。

记得周吉老师生前曾对我言及,早期的巴拉曼有三四个指孔,以后逐渐发展成6、7、8个指孔。巴拉曼有2000多年到3000年的历史,由古代龟兹的筚篥演变而成。在新疆的许多石窟中都有对筚篥的描绘。它是龟兹乐中的固有乐器。在公元3世纪开凿的库车库木吐喇千佛洞中的壁画上,就绘有吹奏巴拉曼的图像。东晋(317—420)末年,巴拉曼由西域龟兹传入内地,随龟兹乐东传中原,成为唐代宫廷的主要乐器。

看起来,巴拉曼的前身筚篥早就开始了和中原的文化交流,有个故事就很能说明这个由来。

唐代开元年间(713—741),有位从西域安国来的少数民族乐师叫安万善,在京城很有影响。他特别喜欢吹筚篥。一个除夕之夜,著名诗人李颀等五六人围聚在一起饮酒,安万善为之吹筚篥助兴。龟兹古乐器婉转悠扬的乐声使众人为之如痴如迷。李颀诗兴大发,当即挥毫写下一首《听安万善吹筚篥歌》。诗中写道:

南山截竹为筚篥,此乐本自龟兹出。
流传汉地曲转奇,凉州胡人为我吹。
傍邻闻者多叹息,远客思乡皆泪垂。
世人解听不解赏,长飙风中自来往。
枯桑老柏寒飕飗,九雏鸣凤乱啾啾。
龙吟虎啸一时发,万籁百泉相与秋。
忽然更作渔阳掺,黄云萧条白日暗。
变调如闻杨柳春,上林繁花照眼新。
岁夜高堂列明烛,美酒一杯声一曲。

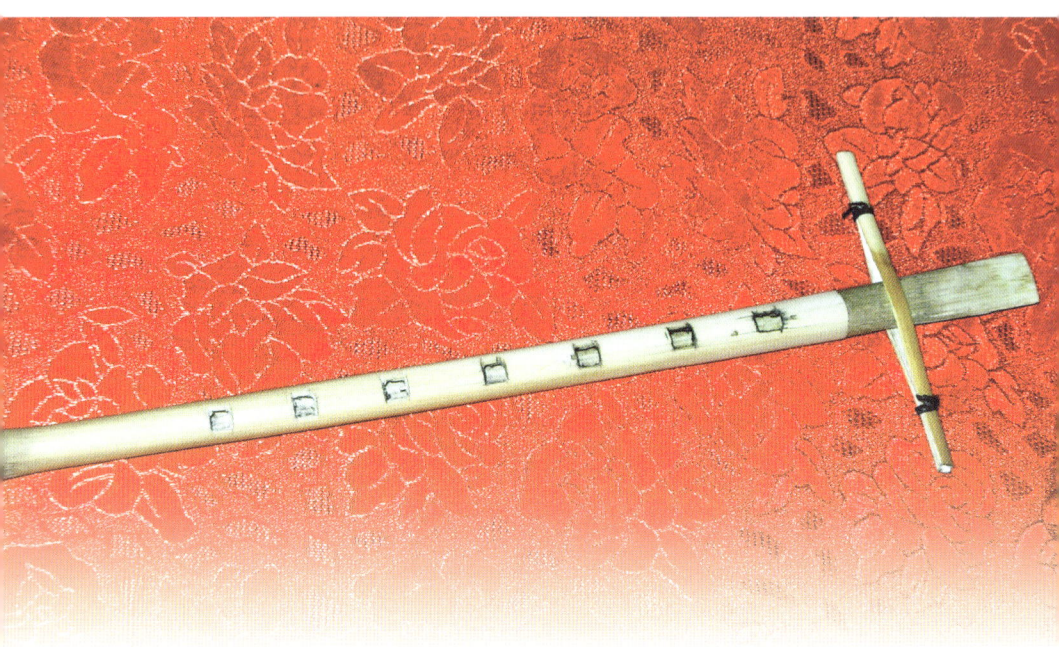

巴拉曼

诗的大意是，在南山砍竹子做成竽篪，这种乐器原先是从新疆龟兹传入内地，从此后乐调更臻美妙。诗人夸赞安万善吹奏竽篪极尽能事，一会儿像龙吟虎啸，令人不寒而栗；一会儿如黄云失色，白日无光，十分悲壮；后来乐音再变，使人又感到春意盎然，好像百花盛开，闪亮耀眼。

伊干拜德·艾山起身来到葡萄架下，拿刀割下一根极细、较直的葡萄枝，然后剥去枝皮，往芦苇管的管口里试着把葡萄枝放进去1/3，看来他的确很有经验。这时，他不慌不忙地放下芦苇管，让儿子拿来一个碗，把芦苇管放进碗里浸泡。他抬头笑笑说："这样做是让芦苇管湿一些，不让管子裂开。因为干的芦苇管比较脆，湿上一会儿就好做了。"

经常行走于新疆各地，我深深知道，民间风物都是有民间记忆的，它是一个民族特有的审美和对历史的寻找，巴拉曼自然毫无例外。当我问起巴拉曼的传说和起源时,阿依买买提笑着说了起来:"古时候,有人发现了一件有趣的事情,促成了一个乐器的问世。炎热的夏天,有个人睡在凉席上,忽然听到一阵好听的声音,连续几天都是如此。这个人向周围望去,看不到一个人影和飞鸟。有一次,当声音发出时,他发现是在身下,立即寻去,结果居然是凉席。他认真查看,原来是虫子把凉席上的芦苇咬了一个洞,经风一吹,发出好听的声音。好奇的他割下有洞的芦苇,一吹,果然很好听。另一种传说是:很久以前,有个放羊娃,在戈壁用一根芦苇管赶羊。当他挥动苇秆,管子里发出'嘘——嘘——'动听的声音,他便把苇头削平压扁,吹出声来。这就是最早的巴拉曼。"他忽然看着我:"你是新疆人,应该知道巴拉曼的意思吧?"我不禁一愣。看我困顿的样子,他哈哈大笑:"很简单嘛。巴拉是什么意思?""孩子。"这个我知道。"对呀,巴拉是孩子,再加个曼。"我恍然大悟:"那就是孩子的管子。""确切地说,巴拉曼就是孩子的玩具。"他委婉地纠正。我不由连连点头。突然,我想起小时候经常看到大孩子在春天拽下刚发芽的柳条,拿刀切下中间手指长的一小段,然后放在手里揉搓;待到感觉松软,抽掉中间的柳骨,就成为了柳管。放到嘴里一吹,呜呜地分外动听。这样说来,巴拉曼的出现的确很可能和孩子有关。不知道在遥远的过去,是哪一个聪明而调皮的巴拉在玩耍中无意搞出的产品,就这样在不经意间出现在了阳春白雪和下里巴人的音乐中。

伊干拜德·艾山已经开始加工最后一道程序了:做芦苇管的吹口。小小的芦苇管在小刀飞快的作用下,仿佛很有节奏地随着节拍起舞,像一对配合默契的舞伴旋转着、跳跃着。几分钟过去后,节奏停止了,旋转结束了,芦苇管脱胎换骨,一只巴拉曼诞生了。在伊干拜德·艾山粗大的手上,小小的巴拉曼薄如蝉翼,像一个幼小的婴儿。它被放到了伊干拜德·艾山的嘴唇边,人体的气息注入到巴拉曼的身体里。玲珑的乐器仿佛被灌入了灵魂,发出了深情婉约的歌唱。当身体被赋予了音乐的思想后,巴拉曼就完成了生命的提升和蜕变,一只鲜活的生命就此剥茧化蝶而出。

库姆孜:草原上的美妙之口

在美丽如画的阿合奇草原,一下车,我总是不由得被这里清秀的山川所吸引。热情的克孜勒苏柯尔克孜州歌舞团团长依不拉音笑容满面地迎面走来。作为州里大名鼎鼎的库姆孜演奏家,他的出现令我们感到异常地高兴。今年已经50多岁的依不拉音团长,个头不高,却浑身洋溢着一种热情,让我们感受着草原的热烈。见到我,他高兴地笑了起来:"老朋友,你来了吗?"因为多次到这里采集被称为"当代荷马"的居素甫·玛玛依老人所唱的柯尔克孜史诗《玛纳斯》,我

美丽的克孜勒苏柯尔克孜自治州

们早已是非常熟悉的好朋友了。

应我的要求,他笑眯眯地说:"你要见的库姆孜制作传人,我已经联系好了。走吧。"此次去的地方是当地熟知的阿合奇县色帕依乡三村热丝尔·开德琴家。热丝尔·开德琴是这里有名的能人,会做很多工艺品,马鞍、马具、小刀、帽子样样精通。但制作库姆孜才是他真正引以为傲的手艺。热丝尔·开德琴和依不拉音团长的性格相反,显得有些腼腆而木讷。他早已知道我的来意,立时动手就开始了制作。由于语言不通,无法直接交流,依不拉音团长就承担了翻译工作。他指指制作间挂满的库姆孜说:"库姆孜历史悠久,琴声优美。据说,最早的这种乐器叫'库吾孜',意思是'美丽的乐器',是用红松制作的,形状与现在的大体相同,即头部椭圆形,根部细而长。它既被用来演奏民间音乐,也被用来与称为'多兀勒巴斯'的战鼓一起演奏战争进行曲,以鼓舞战场上的士气。"看着我恍然大悟的样子,他开心地大笑起来。

热丝尔·开德琴已经开始操作。他边示范边说:"做库姆孜,先要选好原料。原来用红松,现在基本上已经改用果木了。红松太少太贵不好买,所以用果木,桑木、杏木都行。现在是做库姆孜的第一步,要锯好库姆孜胎坯。"这让我恍然想起小时候打土块时要做一个木头坯子的原理。说起来,依不拉音团长是当地最好的库姆孜弹奏家,对于库姆孜自然很有发言权,说起库姆孜的历史来如数家珍。在看热丝尔·开德琴做库姆孜胎坯的时候,他便见缝插针地告诉我有关库姆孜的悠久历史:库姆孜与蒙古火不思同源,是中国古代西北游牧民族创制的弹弦乐器。库姆孜即火不思的谐音。库姆孜的琴型很多,达七八种。最古老的是一种木制蒙革的三弦弹拨琴。经过改进的有全木制的三弦弹拨琴"亚克其库姆孜",木制铁三弦弹拨琴"帕米尔库姆孜",以及各种质地的四弦琴等。日本人林谦三在《东亚乐器考》一文中指出,日语中表示弦乐器的"库托"一词,即源于唐代输入日本的"库

弹奏库姆孜的儿童

姆孜"。库姆孜成为日本弦乐器的始祖,并且至今尚可觅之于日本。《大清会典图》载清乾隆平定回部叛乱之后,柯尔克孜人朝贡给清庭的礼品中也有库姆孜。故宫博物院藏画中,清乾隆年间的《塞宴四事图》之一的蒙古乐队演奏的《什榜》乐曲,其中就使用了柯尔克孜人的四弦蒙革库姆孜。库姆孜随着成吉思汗西征的脚步,又进入了中国西南的云南等地。至今流传于云南纳西人中的乐器"色古笃"的前身也是柯尔克孜人的库姆孜。

说完,他顺手拿了把库姆孜,调了调弦,说道:"我们柯尔克孜人活得很潇洒、很豪放,唱着歌来到世间,唱着歌离开人间。只要有人烟,就会有歌声。我们柯尔克孜是个有着很高音乐天赋的民族,古代其他部落就五体投地地称我们的库姆孜为'美妙之口'。"

此时，热丝尔·开德琴已经把果木砍制成葫芦形，开始最艰难的工作——把果木中心掏空、挖平。因为果木坚硬异常，掏挖得几个小时。依不拉音团长说："时间还长得很，我给你讲讲库姆孜的传说吧。其实要问每一个柯尔克孜人，库姆孜琴是怎么来的，他们会毫不犹豫地说出'坎巴尔汗'的名字，并说'弹拨的源头来自坎巴尔汗'，而且每一个人说出来的故事如出一辙。"

相传，在遥远的年代，有一个叫坎巴尔汗的柯尔克孜牧人。有一天，他上山放牧，到达一片松树林时，突遇山火，整个山都被烧了起来，他侥幸躲进山洞得以逃生。当他出来时，山上焦土一片，自己的羊群也早已被烧死。正当他寻找路径下山之时，突然传来一阵好听的声音。于是，好奇的他决定一探究竟。来到声音的发源地，他发现在烧焦的树杈上挂着长短不一的几条线，当阵风吹过的时候，竟然发出悦耳的声音。再仔细一看，原来当山火到来时，树上居住的猴子也难逃一劫，有一只惊慌失措的猴子在树上跳跃时竟被树枝拉破了肚肠，挂在了树枝之间。山火已经把它烤干，当风吹过时自然发出声响。坎巴尔汗被吸引住了。聪明的他回家后就试着模仿，用晒干的羊肠绑在木头两端，试着让它发出声响……不知经过多少次的失败，终于，他研制出了一种弹拨乐器，并将其命名为"库姆孜"，意为美妙的乐器。从此，他就有了生活中最好的伙伴。在他的一生中，他一直用库姆孜琴来抒发情感，弹唱生活。由他开始，库姆孜琴传播到每一个柯尔克孜人生活的地方。自此，柯尔克孜人就有了自己民族的乐器——库姆孜琴。

说着说着，他情不自禁就弹唱了起来。他的声音异常宏亮，也许只有草原抚育的歌手才有这样一种天生的禀赋吧。

看着热丝尔·开德琴满头大汗的样子，我抱歉地说："给你添麻烦了。"热丝尔·开德琴似乎明白了我的意思，微笑着摇摇头。在依不拉音团长歌声营造的氛围下，热丝尔·开德琴熟练敏捷的身手显得颇有节奏感。此时，他开始了第二步：依据库姆孜外形，裁一个薄板。

库姆孜弹唱

这个薄板牵涉到库姆孜的音质,极为重要。

在来之前,我查找了一些有关库姆孜的资料。这个看似简单的柯尔克孜乐器其实很不简单,居然和我们耳熟能详的四大美女之一的王昭君还能联系在一起。据说,西汉时王昭君出塞后,常常弹琵琶解忧。琵琶坏后,昭君无以为伴,呼韩邪单于派人重新制作了一把。不料工匠做的似是而非,昭君啼笑皆非,称之为"浑不似"。用今天的话说,就是根本不是一码事。但在广袤的大草原上,"浑不似"却成了这个游牧民族的嘴巴,唱出了自己的历史和心事。

据国家民族事务委员会中国少数民族社会历史调查资料丛刊《柯尔克孜族风俗习惯》记载,库姆孜早在汉代以前就传入匈奴。在新疆吐鲁番的西边招和屯古高昌地区,发现了一张9世纪初的古画。画中有一小孩,所弹乐器即是火不思(库姆孜的前身)。唐代,柯尔克孜先民曾将这种乐器作为贡品献给唐王朝。随后,唐朝又将库姆孜作为大唐乐器赠送日本。清朝乾隆平定回部叛乱后,柯尔克孜人朝贡给清廷的礼品中,有两种库姆孜:一种是三弦库姆孜,另一种是四弦库姆孜(见《大清会典图》)。13世纪成吉思汗西征时,把这种乐器传到了巴达克山、克什米尔、中亚、波斯和阿拉伯等地。这是柯尔克孜人对中国和世界音乐宝库的一大贡献。

热丝尔·开德琴把刨平的薄板胶在了坯胎的正下方,开始整体打光。这是第三步,离成功已经不远了。

柯尔克孜是中国古老的民族之一,大部分聚居于新疆帕米尔高原。这里的草原一望无垠,水草肥美,牛羊成群。爱好歌舞的柯尔克孜人每逢佳节聚会,都会举行阿肯弹唱,常常是通宵达旦,不知疲惫。而这个美丽的时节自然是库姆孜大显身手的时候,常常有人伴着歌声醉倒在帕米尔高原上。每逢阿肯聚会的时候,也就是柯尔克孜人的盛会。男男女女老老少少都聚集到了一起,有的穿着本民族盛装,有的一身便装。有什么比演唱《玛纳斯》更让柯尔克孜人

"玛纳斯奇"演唱

来精神呢？库姆孜演奏的部分，让人大开眼界。乐手们把库姆孜当作骏马一般，库姆孜在他们的手里，仿佛已经不是乐器，忽而置放在腿上，忽而搁在肩上，忽而放到头后，令人眼花缭乱。从库姆孜上发出的声音时而急如马蹄、狂风暴雨，时而徐徐信步、清风和煦。整个乐队像是步调一致的马队，整齐划一的声音响彻在阿合奇草原，也让我们如听仙乐耳暂明。一把小小的库姆孜竟有如此的气势、如此的表现力，如果不是身临其境，实在难以置信。柯尔克孜人把擅长弹奏库姆孜的人尊称为"库姆孜奇"，充满了赞扬和敬意。

热丝尔·开德琴已经给库姆孜上琴弦了，这也意味着一把库姆孜及又一个琴手和歌手即将诞生。当热丝尔·开德琴长舒了一口气，拿起库姆孜的时候，我知道大功已然告成。热丝尔把库姆孜交给了依不拉音。依不拉音高兴地就像抱着个娃娃一样，转头对我说："做库姆孜看起来非常简单，但是实际上在制作过程中，对用料很讲究，盖板薄厚、琴弦的调制都非常专业。技艺的细处是无法用语言传授的，只能靠个人的经验和神会，才能做出最好的库姆孜。"看着他们俩欣慰的样子，我也接过库姆孜，笨拙地拨了几下弦，当然是不成曲调，但心却融化在库姆孜的歌声里。

达卜：维吾尔人的精神之馕

维吾尔人手中有两张馕：一张是滋养身体、舒展四肢的食物的馕，一张是在手中敲出生命和精神节奏的"馕"——达卜。

达卜就是维吾尔人中大名鼎鼎的手鼓。达卜在新疆维吾尔、乌孜别克木卡姆、麦西热甫中是主要的演奏乐器。无论男女男少，喜欢达卜的把它带在裕袢里，有时就往腰上一插，远远看去像块金黄的馕。农民们在田间地头休息，啃过了吃的馕后，就会随手拿出这块"馕"，让精神也吃一吃，解解饥饿。它是欢乐的诠释者，也是忧愁的跟随者。

心情好过晴朗的天空时,欢乐就会从达卜声中神采奕奕地踏歌而来;当忧郁裹住了心头,达卜也会郁郁踩着乌云降临。达卜是人生欢乐和忧愁的晴雨表。

赶到巴楚县阿瓦提镇吾普尔·卡德尔家里的时候,老人早就摆好了制作达卜所需要的各种工具。进门的时候,对面矮墙上挂着一个白花花的圆圆的东西。"谁把馕挂在那里?"我嘟囔了一句。听到的乡里

达卜

文化干事一瞧,不由大笑起来,"那不是馕,是达卜!""啊!"我再定睛一看,果不其然,是达卜挂在那里。"昨天下雨了,达卜受了潮气,晒一晒,音色好。"他说完,我恍然大悟。这时,已经提前到的艺人们在墙边生了一堆火,然后几个人就开始烤达卜,真像在烤馕一样。好歌舞的维吾尔人的生命里果然是两张馕啊!

吾普尔时年已经66岁了。他制作达卜的技艺是家传的。说起从小就开始学习的经历,他微笑着说:"我从小喜欢摆弄这些乐器,就天天站在爸爸的身边看他做。看着看着,我也就会了。"

吾普尔先做的是手鼓的圆形鼓框。第一步,选择无枝的、平直的杏木、沙枣木或桑木作木料,制作达卜的轮圈。第二步是整体的组装。工序相当精细。

达卜乐队

陪我们一起去的乡文化站的干事卡哈尔指着达卜说:"达卜的起源,至少可以追溯到南北朝时期,或许会更早。它之所以叫达卜,是因它敲击时发出'达'、'卜'两种音。"同行的维吾尔作曲家牙森也回头对我说:"隋唐时期,达卜随西域歌舞传入内地。1759年以后,达卜列入清代的回部乐。长期以来,达卜广泛流传于民间,成为新疆维吾尔、乌孜别克、塔吉克和锡伯等少数民族的民间乐器。在公元4世纪到6世纪北魏时期的敦煌壁画中就有达卜的形象。在隋唐著名的健舞和软舞中,达卜就已经是主要演奏乐器了。可以说,无鼓不成曲,无鼓不成调,无鼓不成舞。"在清朝《皇朝礼器图式》中也有制作达卜的记录,这是我在回来后查资料看到的:"回部乐达夫(即是达卜),木框上以革,形如手鼓而无柄,径一尺三寸六分五厘,厚二寸二分七厘五毫。通鬃以黄面绘彩狮二,以手击之。"

第三步该是图案的制作了。图案设计是决定达卜档次的一步。按照选好的图案刻出其位置，雕刻时用小弧形锯、钻头或机床。达卜的花纹不太复杂，一般框边镶有美丽的骨质花纹。常用花纹有雪鸟眉毛、长菱形、黑白尖子、蝎、方块、阿克图古马（白色纽扣）、卡拉图古马（黑色纽扣）等。这个程序结束后，紧接着就是嵌花。首先将上述花纹选好后，用胶粘贴。胶干后，用锉刀锉平，再用软砂纸磨光表面，然后用石灰水使木头颜色变红，最后用细砂纸磨光表面。精致的达卜，框边镶有美丽的骨质花纹。达卜有大、中、小等不同形制，各具特色，音色丰富，广泛用于器乐合奏和民间歌舞伴奏。

看着手鼓的基本轮廓已经出来了，我不由为吾普尔长舒了一口气。看到我紧张的样子，乡文化干事拍拍我，安慰说："没关系，他们做起来快得很呢。下面还有两步就可以完成了。我给你讲讲达卜的故事吧。"这个提议使我眼睛一亮。到民间，能听到一些故事，是最令人高兴的事情，何况是和乐器本身有关呢——这是民间的记忆啊。

相传很久以前，在丛林密集，气候湿润，物产丰富的昆仑山下，居住着一群维吾尔人。他们和睦相处，过着平静且安居乐业的生活。但是，好景不长。一年的夏天，不知从何处来了一条10多米长的巨蟒，背上长着黑白花纹，睁着血红的眼睛，凶猛异常。周围的鸟兽和居民的牲畜都成了它的盘中餐。

巨蟒祸害百姓的事传到了一位青年猎手达卜的耳朵里。小伙子决心要为民除害。于是，他带着食物、弓箭和锋利的长剑，埋伏在森林里，寻找巨蟒。寻找了3天3夜后，也没看见巨蟒的影子。达卜并没有气馁，拖着疲惫的身体继续寻找蟒蛇的踪影。到了第4天，达卜有些撑不住了，真想躺在草丛里好好地睡一觉。但是转念一想，如果巨蟒在这个时候来了怎么办呢？为了不错过巨蟒出现的时机，也为防止自己打瞌睡，达卜砍了一截松枝，弯成圆圈，蒙上羊皮，做成一个单面鼓。他一边用手击鼓，一边高声地唱道：

我猛击羊皮鼓引蛇出洞,
誓将那凶残的恶魔铲除。
弯强弓举利刃为民除害,
剥蟒皮做手鼓让千家敲击。

达卜的歌曲还没有唱完,仰头猛见树上缠着一条大长虫,突然从大树上蹿下,向他扑来。达卜眼急手快,张弓搭箭,一箭射中了蟒蛇的眼睛。蟒蛇疼痛难忍,带伤挣扎反扑,用尾巴猛抽达卜。达卜被巨蟒抽倒在地,一下子撞在羊皮鼓上。只听到"咚"的一声,蟒蛇受惊败退。原来恶蟒惧怕鼓声。

达卜发现了巨蟒的弱点,于是急中生智,挥拳猛敲羊皮鼓。鼓声如雷,蟒蛇受惊败逃。趁巨蟒带伤且惧怕鼓声这个机会,达卜飞身举刀猛劈巨蟒,蟒蛇被拦腰断为两截。恶蟒被除,昆仑山下的维吾尔人又恢复了从前安定宁静的生活。为了颂扬达卜为民除害的功绩,人们剥蟒皮做鼓,取名为"达卜鼓"。从此,维吾尔人就有了自己心爱的乐器达卜鼓。

听完故事,我暗自琢磨:难怪最珍贵的达卜是用蟒皮做的,到底和传说息息相关。民间记忆其实蕴涵着制作的重要信息呢。

这时,吾普尔已经开始第四步了。他把泡在温水里3个小时左右的皮子捞了出来,细心按照达卜的档次和大小切割。然后在皮子边穿4—5厘米的钉子,沿圈边涂胶,用绳子将皮子拉紧。待皮子干透后,把绳子解开,并将其多余部分切除。达卜一般蒙以羊皮、小马皮、小牛皮或驴皮,使发音清脆响亮。这个工序结束后,吾普尔洗干净手,开始给达卜的木头边刷清漆。

此时正是正午,阳光洒落在吾普尔的脸上,使他黝黑的面孔更像是一座凝重的雕像。"休息休息吧,该吃中饭了。"我劝他。他莞尔一笑,

手艺传奇

达卜

点点头。走进房间,他的妻子已烧好了浓浓的砖茶,摆上了喷香的热馕和抓饭。饥肠辘辘的我顾不上客气,风卷残云。"后面是最后一步,上铁环。"吾普尔吃着馕对我说。埋头吃饭的我抬起头,认真听他说。"装铁环,就是以2.5厘米的距离为标准,钻环眼,安装铁片、钩子和铁环。这样就可以发出'沙沙'的声音了。"

达卜由于流传地区的不同而形成特色各异的演奏风格与流派。传统的演奏技巧主要有鼓心音、鼓边音、掌音、指音、挫音和弹音等,奏出的音响高低顿挫,形成丰富的音乐语言。在维吾尔各种形式的器乐合奏和歌舞伴奏中,它都是不可缺少的重要乐器,经常作为领奏乐器使用,并起着协调乐队高、中、低音和统一节奏的指挥作用;除可合奏或伴奏外,还能进行独奏。

在所有的维吾尔乐器中,最使我心潮澎湃的莫过于达卜了。急促的鼓声,让起舞的人们慷慨激昂,精神振奋;缓舒的鼓声,让人们如拂春风,陶醉安详。真是神奇的"馕"啊!刚风烈气的人在柔情的鼓声里变得纯粹而深情,木讷迟钝的人在热烈的鼓声里变得豪情而奔放。在新疆的土地上,还有什么样的"馕"让人如此眷恋不舍呢?

土陶:西域的千年记忆

对于喀什,我有一种天然的认知,这里是一个有关古代西域记忆的活态基因库。至今依然屹立着的高台民居呈现出这种记忆的顽强。初次看到高台民居,对于我的视觉是深度震撼的。深黄色的夯土还原了新疆大地的颜色,也迎合了新疆绿洲的本来气质。就这种气质而言,这本身就是新疆的颜色、密码。土陶也正是拥有这样的一种颜色和气质。当我看见它优美的造型时,它就让我进入了最初古老的空间里。

阔孜其亚贝希巷这条细细的小巷早已成为高台民居知名的传统手工艺展示的名片。阔孜其亚贝希巷意为高崖上的土陶。之所以这样命名，也就昭示了这条小巷的本来意味：土陶是这里的招牌和生意的全部。阔孜其亚贝希巷位于喀什老城内地势最高的一条长达数百米的高崖。这里生活着居民603户，人口2450多人，全是维吾尔族。

531号的主人祖农·阿西木江是这里有名的土陶传承人，而土陶这项技艺也已经被列入自治区级非物质文化遗产代表作名录。土陶所代表的文化含义在我看来，至少不亚于那些在博物馆中静观世界红尘的文物。陪同我们前来的喀什文体局的同事亚生已经事先向我们介绍了祖农·阿西木江的情况："他们家世代从事土陶制作。目前根据我们的了解，已经有六代了。第一代是苏皮，二代是祖农，三代是提依甫，四代是阿西木，五代是祖农·阿西木江，六代是吐尔逊卡日。"在全疆各地的民间传承人中，具有完整传承谱系的不少，祖农家族就是很好的一个例子。世代相传的土陶制作技艺使祖农·阿西木江在当地有

高台民居中的土陶制作

喀什土陶

着很高的知名度。看着店门口摆设的各式各样的土陶制品,我禁不住感叹:经过岁月的流逝,这些古老的工艺依然有着如此坚韧的生命力。

祖农·阿西木江开始制作土陶了。亚生看着他和泥,给我们介绍说:"我们维吾尔人做土陶基本上和内地的差不多,流程为:备土→和泥→闷泥→揉泥→造型→上釉→烧制→加工。"说完,他微笑着问:"我们这里的土陶好,关键是土质好。在高崖土层中有一种叫'色格孜'的土质,这种泥土质地细腻,粘性强,是制作土陶器的绝好材料。传说在800年前,有一个烧制土陶的匠人首先发现了这种土,于是就在土崖上建造了第一个土陶作坊。随后,相继有很多土陶艺人在高崖上开设土陶作坊,一代一代传到了今天。"

土陶其实更是一种文化的象征。我曾在南北疆的博物馆看到了许多属于新石器时代的彩色陶器,其时代应在公元前3000年到公元前

2000年左右。这些造型生动优美的土陶呈现出的美感令人感动。在遥远的原始社会，人们已经有了对生活美的追求。在他们的巧手里，泥巴有了生命，成为生活中的重要用具。以至于20世纪初的外国考古学家一致认为，中国彩陶是文明的起源，并且应该源于两河流域。中国考古学家在甘肃四坝文化、齐家文化，乃至红山文化中都找到了彩陶的源头。在这个时期，有一批人从河西地区进入了哈密盆地，带来了彩陶文化，它的典型特征就是双耳陶罐。而彩陶的纹样是从黄河的上游经过河西走廊然后传入到哈密的，这个源头直接影响了新疆东部的哈密。在哈密呈现出了西域彩陶的曙光，最终蔓延至整个西域。在世界各文明发祥地，都曾产生过陶器文化。在南北疆、东疆多处出土的古陶器丰富而瑰丽。从古代到近现代的几千年中，新疆各民族继承并发展了本地古人类的土彩陶技艺，逐渐形成了独具风格的土陶器物。土陶居然在一定程度上曾引来了中西考古学家对于中国文明源头的考证，可见土陶所蕴含的文化分量。

祖农·阿西木江边干边介绍说："制作土陶要用河泥做原料，我们这里的吐曼河好得很。有时间的时候，我们就到河边去挖泥，不用花钱。"老人呵呵一笑。说话间，他在泥里已经加上水，像和面一样用力揉搓着，这是做土陶的第一步。祖农·阿西木江感慨道："我制作土陶还保持着老祖先的方法。从泥土选料到过筛、和泥拌揉、坯体成形、彩绘、琢雕刻花、上釉、入窑烧制、出窑晾干这些工序，一点儿都没有变样，全都是手工。"那团泥在他手里灵活而均匀地翻转着。感觉到非常均匀了，他拍了拍泥团，像抚摸着自己的小孙子的面庞。下面的工艺就要借助于工具了。老人把泥团放在自制的木制轴盘下，然后把脚放在下方的踩板上不停地踩，双手和着转动的陶泥做出不同的造型，这是做土陶的第二步。在过去的岁月里，土陶制品与维吾尔人的生活习俗紧密相连。生活中一日三餐不能分离的泥巴碗，维吾尔人叫"塔瓦克"；和面盛饭放食物的陶盆，洗浴用的土陶脸盆，洗手用的"吾肉克"(陶壶),盛水的"库甫"(陶缸),洗衣用的"台西台克"(陶洗衣盆)、挑水用的"库扎"(土陶水桶)……

第三步是当坯子成型后,放在墙边的小木架上直到晾干。晾干后的土陶就可上彩釉。第四步是把上了彩釉的土陶放入窑内,烧制成型。祖农·阿西木江拿出一个烧好的土陶比划道:"我们上釉的颜色及加工方法也是祖传配方。釉色颜料都是矿物质。把戈壁滩或山上采集来的各种颜色的石头弄碎,再用石碾研磨成粉,把粉和成泥,涂在土坯上,然后烧制,使它最终成为一件精美的彩釉陶器或艺术品。"从工艺流程看,土陶的烧制跟瓷器的烧制过程非常相似。令人惊讶的是,制作土陶的过程是在没有任何图纸和任何模板的情况下,完全依靠手感和经验制作出来。这需要在长期的实践中摸索和感悟。从某种意义上讲,需要丰富的艺术想象力。

喀什土陶作坊

亚生的介绍从侧面证实了这个古老工艺的特点："我们维吾尔人烧制陶器的陶窑多为立式窑。传统上烧窑使用木柴，窑温800℃—1100℃。餐具类和装饰性要求高的陶器，要经过两次上釉和焙烧形成'釉下彩'，这说明我们的匠人已经掌握了较高的制陶技艺。"如果说有什么不一样的话，那就是土陶的造型和装饰风格。确切地说，土陶造型上，一部分作品无可避免地带有中原风格。这是因为宋代高昌（今吐鲁番和哈密地区）回鹘信仰佛教和摩尼教，所以元代以前的古陶多有这方面的装饰。在接受了伊斯兰教以后，维吾尔人使用的陶器开始带有浓郁的伊斯兰文化色彩，这类陶器以做礼拜之前用以洗濯的陶净壶为典型代表。伊斯兰教的文化特色从那时起，在土陶身上打下了深深的印迹。一直以来，土陶在新疆绿洲以飞入寻常百姓家的姿态，成为穆斯林生活中一道独特的风景线。

现在高台上仅存古老土陶作坊不足30家。从事土陶制作的师徒最多时五六百人，现在只剩下50多人，祖农·阿西木江是其中的佼佼者。但是，今后的路上还可以坚持多久，谁也不知道。100多年前，马克思在西方工业化蓬勃兴起的时代敏锐地感受到工业文明与传统价值观的矛盾，对古老手工劳动的价值有过近乎推崇到乌托邦高度的颂扬。可时间走过100多年，工业文明的不断发展和洗礼让许多传统手工艺成为了"遗产"，这估计是马克思本人恐怕都难以想象的。

祖农·阿西木江无意中回头看着那些做好的土陶作品时，夕阳正好洒在了他身上。那时，我在想，少数民族的手工技艺已经不单单是谋生的手段和生活的依赖，更是他们传承民族文化的载体和生活中不可或缺的生动符号。有了这些族群技艺，也就唤醒了自身的文化记忆和审美观，传递出发自内心的亲情、友情和爱情，在高山、平原、草原、绿洲、盆地优雅地呼吸生长，散发出亮丽的光芒。

马鞍:奔驰草原的英雄情怀

伊宁市是我非常乐意呆的地方。到达这里,就能嗅到一种文化混血的气息。或许,这里在悠远的历史中形成了一种自然的文化自觉。以伊犁为典型代表的北疆地区,是新疆草原文化散发气息的地方,和南部新疆有着较大的差异。无论是在地域特征还是饮食文化上,在此地居住的维吾尔人历史并不是很长,不过几百年。原以为不会看到更多的维吾尔文化,不料倒是错了。得知有一户维吾尔人几代传承着马鞍制作技艺,我不禁惊喜交加。

马鞍制作一般是游牧民族擅长的技艺,众所周知的是哈萨克、蒙古、柯尔克孜等民族精美的制作技艺。作为农耕民族的维吾尔人,少有这样的制作技艺。因此,来到阿不列孜·拜依家里,看到满院子堆得满满的马鞍子的时候,心里很是高兴。对于马鞍、骏马,我始终以为,那是一种真正属于游牧生活中英雄主义浪漫情怀的。

阿不列孜·拜依看起来很精神,虽然60多岁了,一点儿都不显老。看到我们,他热情地招呼我们就坐,但我们更愿意尽快欣赏他的技艺。他腼腆地说:"我的水平一般,你们不要笑话。"按照我们的请求,他从头演示了制作马鞍的程序。"我们这里做马鞍一般用桦木、榆木,在南疆都是用杨木或松木。"阿不列孜·拜依摆弄着一块原木,然后专注地用刨子把原木刨、削成马鞍的形状。在他熟练的手工中,不到半小时,马鞍的基本形状被削了出来。然后,他用刀、锉刀等工具逐一把马鞍打磨光滑,并在鞍首部位雕刻各式花纹图案。这是做出一个优质、舒适、合体的马鞍的第一步。

第二步是给马鞍包皮。阿不列孜·拜依从墙上拿下一块裁好的皮子让我们看:"能不能看出来?是什么皮子?"我拿到手里,又闻了闻,"是不是羊皮?"他一下乐了:"你看来不懂皮子。"我不禁一阵惭愧。的确,作为新疆的土著,居然很多时候不知道新疆民间风物中的细节,

马鞍制作

说起来是不应该的。或许为了解除我的不安,阿不列孜·拜依赶紧给我们继续讲解:"马鞍的包皮,一般使用鹿皮。马鞍天天骑用,磨损严重,所以必须使用结实耐磨的皮子。在牧区,羊皮容易买到,但太软,容易破损。鹿皮就结实多了,既不损伤马的肌肉,人坐上也很舒适。"

第三步是制作鞍具的装饰。鹿皮的接缝处,要用细细的铜条包裹,使马鞍看起来完整、美观。马鞍的前后还可镶上各色晶亮的玉石、玛瑙及其他饰品。马鞍的两侧还可装饰一条绚丽多彩的丝绸飘带,在奔跑起来的时候随风飘舞,上下翻飞,更显英姿勃发。从外观看,马鞍的前舌部分基本做成两种形状:一种用粗钢筋弯成椭圆形,一种用上好的桦木或榆木料,雕刻成"人"字形或椭圆形。"人"字形大都用皮包制,椭圆形的用银、宝石镶嵌。后舌是半圆形,斜外翘,有镶嵌的,有包皮的。皮子上有压花、嵌铜镶银工艺。木制鞍的镶嵌工艺特别讲究,有金、银和各类宝石。而图案纹样大多以草原山水、花草变形抽象而来，非常精致。马鞍中间有皮垫、皮褥。一副好的马鞍再配上好的马笼套，看上去真是神采飞扬。这要搁到过去，就相当于今天的"宝马"车。

"马鞍由笼头、肚带和马镫等组成。马鞍底部用金属制作，上部镶嵌黄铜。固定马鞍的肚带要用牛皮制作才经久耐用。制作这样一套马鞍，需要的工具有锛子、斧子、红铜、黄铜、钉子、钳子、榔头、铁老虎、铜钎、截子和杨树木、鹿皮、骆驼皮、牛皮。"阿不列孜·拜依做完了马鞍后，仔细端详着拿在手里的马鞍，脸上露出了一丝不易察觉的笑意。据说，制作马鞍的匠人还需掌握铁匠、木匠的技艺。过去是用红柳火炭炼铁，现在用煤炭烧火炼铁。至于用红柳炼的铁好，还是用煤炭炼的好，阿不列孜·拜依也说不好。他自己感觉，还是煤炭炼的似乎更精致耐用一些。

草原文明的重要依据离不开骏马。可以说，马背是游牧民族的摇篮。游牧人曾经在马背上建立了自己的王国、军队、人生和社会秩序。从阿提拉在欧洲的横刀跃马到成吉思汗对欧洲秋风扫落叶的马队攻势，都印证了这样一句话：马赋予游牧人财富、性格、光明与梦想，孕育了游牧人的英雄主义和开放精神。

马鞍包含了马镫的出现，这对于亚洲和欧洲来说，是具有技术上开天辟地的革命意义的。在学者眼里，马鞍和马镫是全套马具中继马嚼和缰绳之后最重要的发明。马镫被西方马文化研究界称作"中国鞋"，它的发明是人类历史的重大进步，对人类文明具有划时代意义。对此，英国科技史学家怀特给予高度评价："很少有发明像马镫那样简单，而又很少有发明具有如此重大的历史意义。马镫把畜力应用在短兵相接之中，让骑兵与马结为一体。"马镫的不断改进和完善使得游牧民族创造了马背文化，解放了骑手的双手和身体，上马下马如履平地。骑手可以在马上动身自如，或手持弓箭，或转身射箭，或马上轮骑，等等。马镫是牧人的人生起点，它的发明不仅使游牧男子获得了广阔空间，而且使妇孺老少都能够乘马骑射，不仅解放和发展了社会生产力，而且扩大了游牧人活动范围，使游牧社会分工和协作打破了性别和年龄的严格界线。在没有男子的条件下，游牧和轮牧也成为可能。

在没有鞍镫的时代，人们需要骑跨于裸马的背上，仅靠抓住缰绳或马鬃并用腿夹紧马腹，使自己在马匹飞驰的时候不致摔落。马鞍的出现提供了纵向的稳定性。然后是马镫的使用，它通过固定双脚提供横向稳定性，同时在马鞍的协助下将人和马结为一个整体，使骑兵利用马匹的速度进行正面冲击成为可能。西方学者这样评论进入欧洲的匈奴人携带的新装备："马鞍是人与马完全结合在一起的关键。匈奴人独特的马鞍引起了罗马人的惊奇。他们的马鞍不像罗马人的那样由裹住马肚子的皮革制成，匈奴人的马鞍的特别之处在于它有一个两头高的木制托架。这样，不论马怎么跑，骑士们都能稳稳地坐在马背上。……相反，罗马人笨拙的骑术使不少骑手经常在战斗中失去平衡，而从马上掉下来。这通常很危险，有时甚至是致命的。……除了马鞍，匈奴人还从亚洲带来了一项在当时具有革命性的创新：欧洲人从未见过的马镫。为了防止腿在长距离的骑马后会疲劳，人们在马鞍上系上了绷带、皮带或者用一种亚麻织成的腿带。这样，脚就有了可踏的地方。……尽管当时这种马镫还不完善，但它给骑手们一种安全感，同时也能让他们在

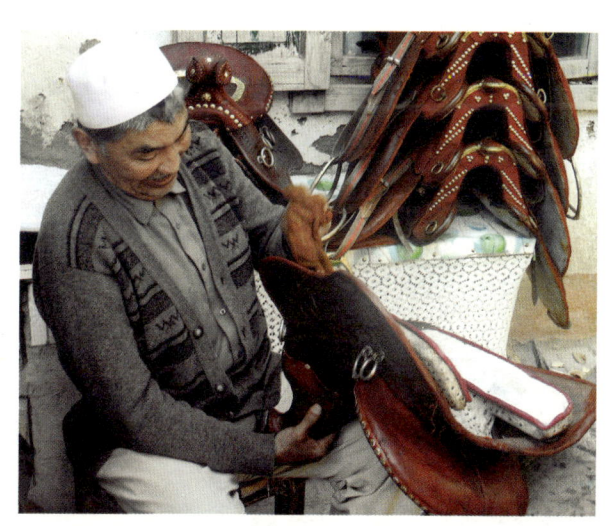

马鞍制作

马上站起来向各个方向转身。"鞍镫的引进，对欧洲来讲是一件大事。正是它使骑兵取代步兵成为中世纪战争的主力。

地处北疆大草原的伊犁是哈萨克自治州，因而实在不乏好骑手。漂亮的马鞍配上高大的骏马，纵马扬鞭，驰骋草原，是一个男人最起码的理想生活。所以，草原上的骑手都会为自己拥有一副漂亮、实用的马鞍而容光焕发。一副好的精心制作的马鞍，可以用上四五十年，几乎陪伴骑手的一生。当他以布满皱纹的沧桑的大手抚摸与自己形影不离的马鞍的时候，熠熠生辉的马鞍可以帮他忆起生命中许多自豪的、艰辛的、难忘的片段。马鞍、骏马都是牧民无法割舍的朋友。

阿不列孜·拜依，13岁跟随父亲学艺，已有45年制作马鞍的历史。现在，几个儿子已经传承了技艺。对此，他感到很高兴。北疆众多的民族中，哈萨克人、柯尔克孜人和蒙古人是马鞍消费的群体。阿不列孜·拜依说，他光卖马鞍子的收入一年不会少于四五万元，许多人慕名而来要求定做。

在广袤的大草原上，草原文明的脚步依然有着巨大的前进空间。虽然游牧生活中的许多文化逐渐离我们渐行渐远，但是在北疆的一角，作为游牧民族传统手工技艺的马鞍却在无形之中为我们树立了一种信心，传统并没有远离我们。在新疆辽阔的大地上，草原文明和游牧生活是新疆珍贵的文化剪影，始终和我们心心相印，不离不弃。

库休克：会唱歌的木勺

新源县有个那拉提，使新源在夏季来临时游人如织。"新源"县名据说来源于巩乃斯河上游，含有新开垦的草原或新开拓的原野之意，所以取名"新源"。我们对此总是比较惊讶，但随即想到蜿蜒西去的巩乃斯河从此地流过，也就释然了。

我对新源县的印象除去那拉提的一望无际，以及优美亲切的冬不拉弹唱外，和这里一个民间老艺人有着紧密的关系。那是一次偶然路经此地的时候，听说这里有一个制作库休克（勺子）和乐器的维吾尔艺人——阿不力米提，让我精神为之一振。随即，在乡文化干事的陪同下，我来到了阿不力米提家里。老人的房子很宽敞，一共有四五间大瓦房。看到瓦房时，我暗暗纳闷了一会儿，随即想到：属于伊犁大草原的新源，也是雨水充沛的地方，这里的年降雨量最高达到800毫米。在秦岭和江南，这一点降雨量说起来几乎是寻常事，但在干旱少雨的新疆，这绝对

库休克

够得上一个天文数字。瓦房自然具有一种自我保护作用。

　　南部新疆是农耕的绿洲文化，精于库休克和乐器制作的艺人比比皆是。但北部新疆是属于草原的游牧文化，突然听说有精于此道的维吾尔老艺人本身就是一件新鲜事，这不免使我有些大喜过望。阿不力米提的作坊看起来比较简陋，他不好意思地笑了一下说："我没有事情的时候，就拿这个打发一下时间，也可以挣些钱。"说话间，他已经把所有的制作工具摆出来了：砍砍子（用于雕外形）、喀什喀特（用于凿勺心）和阿塔力嘎（用于精刻外形）。这些工具也都是他自己特制的。选好木料后，老人开始制作了。第一步是用砍砍子雕出库休克的外形。

砍砍子非常锋利，不时刨出的木屑从手头飞出。乡文化干事说："制作库休克必须用已经晾干的杏木。杏木本身有甜甜的味道，做出的库休克用起来就有股天然的甜味。而且一般用两年后，库休克会变成红色，样子很好看，100年都不会坏。另外，库休克还可以在麦西热甫演奏中充当打击乐器使用，声音浑厚清脆。"这使我想起：在南疆木卡姆中，库休克在许多民间艺人手里是可以当乐器使用的，声音清脆悦耳，经常和恰卜恰克（石头）为伴，奏响在木卡姆的歌声里。用杏木做乐器，在新疆是寻常事了，算是因地制宜。

阿不力米提已经快速挖好了勺子的外形，下面就是用喀什喀特挖勺心了。这个过程稍微慢点儿，要细心把里面收拾得光滑无比。利用这个时间，我向文化干事请教："新源县的县名有什么含义吗？"他一下笑了："哈萨克人称新源为'巩乃斯'。""这是为什么？"我很惊讶。"这个说来话长。"文化干事边看老人削勺子，边给我讲述了这个

库休克

有趣的地名故事。

"我们这里有个传说。古代时候,应该是成吉思汗的时候,有一支蒙古军队由天山深处向伊犁进发。当时正是春天,但是山中却一片风雪,饥饿和寒冷使这支军队疲乏不堪,很多人

库休克制作

被冻死了。剩下的人翻过山岭后,看到的是一个优美的草原,这里阳光灿烂,百花盛开。惊喜的人们不由得大叫:'那拉提(有太阳)!那拉提!'于是,就有了现在那拉提这个地名。"听他说完,我不禁想起:新源的地名据考证是来源于突厥语,后来经蒙古语、哈萨克语演变而得名。在哈萨克语中,新源被称为巩乃斯,正是"向阳"的意思。这样说来,新源和那拉提其实是一个意思。在新疆,地名中蕴藏着许多文化内容,甚至和民族史息息相关。

阿不力米提已经削好了勺心,开始第三步——用阿塔力嘎修饰外边了。这也预示着库休克制作进入了尾声,这个过程很快。当我以为大功告成的时候,老人摇摇头说:"还没有完呢!"只见他拿出一盒颜料,原来他还要上颜色呢。从这个小小的库休克也能看出这个民族自身的审美观。上色的时候,老人抬头说:"我做的库休克分为大小两种,大的勺把长40—60厘米,小的长15—20厘米。高兴的时候,做上几十把;不高兴的时候,做上几把。星期五到巴扎(集市)上卖去。有时候也有商人到我家来批发,一下就拿光了!"老人的口气中透着股自豪感,这也让我们替他感到高兴。再闲聊的时候,知道老人的几个

上色

孩子都出去做生意了，家里生活比较宽裕，闲的时候搞着这门手艺，自得其乐。

看起来，老人很是偏爱红色。当把手中做好的递给我们欣赏时，他低头打开几个纸箱，把里面一堆花花绿绿的勺子全部倒了出来。这让我们大吃一惊，原来他还藏了这么多。我们一一拿起观赏，有大的，有小的，还有一些微型的乐器工艺品。同去的朋友爱不释手，一下就选了10个，准备买下来。我问他买这么多干什么，他一笑："回去送朋友们嘛！这是工艺品！"老人很爽快地说："给上60块钱吧，朋友嘛！"说完，递给我一个："这个送给你！"我连忙推辞。他不由分说硬塞进我手中："你一定要收下。自己做的，一点心意。"

离开老人家的时候，远远从车窗望回去，老人还站在自己的门前目送着我们。在偏远的北疆乡村一角，有这么一个艺人从容闲适，不求闻达，也是很令人感慨的事情。夕阳落下了，老人的身影也逐渐淡去。岁月如流，这一回头就过去了五六年，老人不知是否还自得其乐地在自己的手艺中享受着生命的闲适和惬意呢？

坎儿井：地下的清凉世界

从高处俯瞰哈密二堡乡、吐鲁番胜金乡，会发现地面上满是密密麻麻呈蜂窝状的窟窿。这窟窿其实就是大名鼎鼎的坎儿井。上面是窟

坎儿井

挖掘坎儿井

窿，下面可是清凉世界。坎儿井被地理专家称为"地下运河"，四通八达，把地下水输向地面的绿洲农田。几千年来，这新疆绿洲的血管，滋润着新疆大地的躯体，也哺育了西域儿女。

坎儿井、长城、京杭大运河被称为中国古代三大工程。坎儿井在新疆已经有至少有4000年的历史。至今，坎儿井在东部新疆吐鲁番、哈密及南部新疆和田等地依然是农田灌溉的重要依托。但目前熟悉坎儿井的挖掘技艺的匠人在民间却越来越少，这也使得坎儿井技艺的传递呈现出一种危机和忧虑。用当地维吾尔年轻人阿不都哈斯木的话说，他是喝坎儿井的水长大的。但对于坎儿井的开挖技艺，他坦言并不清楚，因为"挖过坎儿井的老人多数都不在了"。

此次考察坎儿井挖掘技艺自然是选在了吐鲁番市胜金乡阿克塔木村。这个微小的绿洲从某种意义上说，可以称为坎儿井的示范村。买买提·乃米提、牙库甫·艾祖力、卡得尔·吐尼牙孜是这个村里有名的坎儿井技艺传承人。不知他们用双手沿着天山挖了多少坎儿井，用他们自己的话说："比我们的年龄也就少一点儿。"买买提·乃米提1938年出生，时年已经72岁；牙库甫·艾祖力1933年生，77岁；最年轻的卡得尔·吐尼牙孜当年也63岁了。他们的技艺都是代代相传下来的。

陪同我们来到这里的吐鲁番地区文体局局长钱浩亮自然是最佳导游。他笑着说："坎儿井古称'井渠'，是古代西域人经过长期生产实践创造出来的，最大的特点是利用地面坡度引用地下水修建的，是一种独具特色的地下水利工程。都说长城万里，实际上，开凿坎儿井的工程量远比长城要大得多。按新疆坎儿井总条数1784条计算，暗渠、竖井和明渠总工程量达到9733.6公里。如果加上被遗忘的工程量及涝坝工程量，坎儿井的工程量将超过1万公里！"

吐鲁番地区的坎儿井在新疆最为知名。整个吐鲁番地区现存坎儿井总数1108条，其中有水坎儿井为278条，年径流量达2.94亿立方米。它是绿洲的生命之源。

怎么挖坎儿井，是我们此行关注的话题。但是由于年龄的关系，买买提·乃米提、牙库甫·艾祖力、卡得尔·吐尼牙孜这个3人组合已经无法给我们展示了。站在坎儿井的蓄水口，听他们娓娓道来，也是不错的。牙库甫·艾祖力说："挖坎儿井一般需要3到5人。内井底挖掘暗渠1至3人，井口提土1人，井外倒土1人。一般，一道坎儿井要挖好几个月。"说到这里，他指指腿："我们都有风湿，没有办法。"

据他说，挖掘坎儿井前，先由具有丰富经验的挖井人到田野选定坎儿井的方向，然后查看地形，根据附近的河流、水泊的远近，地面植被的生长情况，水源地的远近，考虑暗渠的适宜坡度、地表水的去向等因素，估计地下水源并确定坎儿井的位置。先掘一个三四米深的竖井，如果发现地下潜流，在其上流20米处再掘一口比第一竖井更深的竖井，一般坡降为1/40左右，要根据地势具体掌握。如果第二竖井又发现潜流，还要在上流20米处采用三点一线的原则选择第三口竖井的位置。如果第三口竖井也有潜流，这个坎儿井的泉流位置就算选对了。其余竖井位置依法选择，直到泉流水量达到要求为止。

坎儿井一词，最早出现于春秋战国时期（前770—前221）。《庄子·秋水篇》中曾有"子独不闻夫坎井之蛙乎"之句。唐代西州文书中有"胡麻井渠"的记载。明代万历三年（公元1575年），石茂华《远夷谢恩求贡事》一文中有关于"牙坎儿"的记载。到了清朝乾隆年间，则称之为卡井。它演变的过程可归纳为井（周）→坎井（战国至汉）→井渠（唐至元）→卡井（清）→坎儿井（现代）。关于吐鲁番坎儿井的起源，过去曾有各种说法。一是汉代关中井渠说。清代著名学者王国维《西域井渠考》指出：新疆坎儿井早在2000年前的汉代就已经出现，它来源于中原地区的井渠。二是中亚说。认为坎儿井先诞生于中亚，之后逐渐向东传入吐鲁番。三是本土说。认为坎儿井产生于吐鲁番，是古代吐鲁番各族人民根据高温少雨、蒸发量大的气候条件和盆地地形的特点，在长期生产实践过程中创造的。20世纪80年代坎儿井岩画的发现将坎儿井的起源年代推向更早的时期，学界的观点也逐渐趋于本土说。

1986年，新疆考古工作者在吐鲁番所辖的托克逊县柯尔加依镇发现一幅岩画。岩画上除刻有形象生动的盘羊外，还有渠道、坎儿井、农田及村落。据研究，该岩画形成于远古狩猎发达的时期，大约在4000—6000年前。考古专家们认为，这是新疆先民们给我们留下的新疆在远古时代就有坎儿井的最有力的实物证据。

77岁的牙库甫·艾祖力从小就生活在这里。当我问他知不知道坎儿井的历史时，他手指着西面说："我们胜金口水库西坝那里有一个老祖宗留下的坎儿井呢。"这让我们喜出望外。虽然因为时间的原因，无法过去看个究竟，但是有钱浩亮这些当地文化工作者的耳熟能详，自然可以为我们解惑。据他们说，这是一处魏晋（220—420）时期的古城遗迹。在这里发现了一条长100米的坎儿井，出口处距古居民遗址仅有30米，有7个竖井，每个竖井相隔约10米，现已干涸，出口处有一段已坍塌成明渠。这是吐鲁番至今已发现的年代最久远的坎儿井遗迹，距今约1500年。

还是听听钱浩亮的讲解吧。作为这里的土著，他对自己的文化遗产是非常自豪的,从解说的眉飞色舞中就可以感觉得到:"坎儿井一般由竖井、暗渠、明渠和涝坝(蓄水池)4部分组成。竖井一般是长方形,主要是穿凿、修理暗渠时掏挖人员的上下通道,又有出土、通风、采光等作用,还依靠它来确定暗渠的坡度和方向及完成以后的检查维修。一般先从下游开始,先挖明渠的首段和坎儿井的龙口,然后向上游逐段布置竖井开挖。挖竖井时,一个人负责挖土方,一个人用辘轳绞起土方,一个人负责倾倒土方。辘轳在挖井人上下井和绞起土方中起着非常重要的作用。每挖好一个竖井,即从竖井的底部向上游或下游单向或双向逐段挖通暗渠,再从头至尾修正暗渠的纵坡。一条坎儿井,竖井少则10多个,多则上百个。下游的竖井较浅,越往上游竖井越深,有的深达90米以上。"

微笑着听完钱浩亮的解释后,牙库甫·艾祖力又进行了补充:"其中的暗渠工程很艰难。高度1.5—1.7米,宽度0.6—0.7米。一般要

吐鲁番火焰山

在地下开凿数公里到二三十公里的渠道。它的作用是蓄聚和往地面输送地下水。由于没有测量设备，确定坎儿井的挖掘方向和坡度非常困难。我们在井口的辘轳上向井底放入两根拴着石头的细绳，用这两根垂直的绳子和坎儿井下游的一个有标志性的东西，确定上行暗渠的方向。为了防止沙土堵塞地下暗渠，每个竖井口上常用树梢、高粱秆加土棚盖。冬天就封闭竖井，以避免寒冷气流侵入造成坎儿井冰冻和塌方。"

明渠，就是暗渠出水口（龙口）到农田之间的水渠。明渠与一般渠道基本相同，横断面多为梯形，坡度小，流速慢。在坎儿井暗渠出水口以下，一般都有几十米到几百米的明渠。

最后的一道程序就是涝坝。涝坝具有重要的作用。一是蓄水。它位于明渠的末端，可将冬季从暗渠中流出的水储存于此。新疆冬季气温太低，农业生产停顿，而坎儿井却在继续出水。涝坝便可将冬水储

流淌的坎儿井泉水

存起来，以供来春使用。二是晒水。这里的地下水，主要来源是融雪，水温很低，如从暗渠引出，立即循明渠灌溉农田，低温便会严重影响庄稼发育。引出的水，只有先储存在涝坝中，经过晾晒后，再灌溉农田，才有利于作物生长。三是便于统一调配农田用水。涝坝的创建，使坎儿井工程更加完备。坎儿井水经过涝坝拦蓄，再通过渠道引入农田，不仅能提高水温，有利于作物生长，而且可以加大流量，减少渠道渗漏损失。

坎儿井集中体现了人与自然和谐平衡的一种状态，让掌握了传统技艺的民众参与文化遗产的保护工程具有无限的益处。面对越来越强大的现代科技文明的挑战和自然环境的急剧改变，坎儿井的命运也走到了"存与废"的十字路口。坎儿井养育了绿洲上的人们。在今天，坎儿井作为物质文化遗产被加以保护的同时，其挖掘技艺也再次被申报为非物质文化遗产。这使我们更加有理由相信：在我们生活的新疆大地中，有许多的文化遗产在民间薪火相传，得以继续造福于今天。它们决不能失传。

还是牙库甫·艾祖力的话让人喝彩："苦归苦，但是没有坎儿井，也就没有吐鲁番，没有了这里甜甜的瓜果和珍珠一样的葡萄。"

萨玛瓦：倒出茶芳香

在广袤的新疆绿洲，无论走到哪一个维吾尔人家，无论是乡村还是城市，当和热情的主人互道一声"萨拉姆空"或是"亚克西门赛斯"（你好），此时，主人会拿起一把精美的茶壶给你倒上一杯浓浓的茯茶。而往往是茶没进口，眼睛却早被精美的茶壶吸引了去。维吾尔人对茶具的喜爱可谓情有独钟。他们把茶壶称为"萨玛瓦"；在北部新疆，称为"偶休克"；在伊犁汉语中，大多唤作"比匙"。

新疆的5月，山已青，草已绿。来到伊犁，是个不错的选择。著名的汉人街就在这里。汉人街曾是伊犁人文荟萃和商业繁荣的地方，历史、人文都在这里留下了浓墨重彩的一笔。"花城没花，西大桥没桥，汉人街上没汉人。"这是每个到伊犁来的游客都会听到的一句关于伊宁市的顺口溜——伊宁三大怪。汉人街是这里的老城所在地，细细转一圈的话，可以看到100多年前"汉人街"残存的杨柳青人店铺雕花木门。街道盛时，两侧店铺九成以上为杨柳青人开办。如今这里已成为极普通的里巷，只有久居在此的维吾尔群众还记得当年的"天津勒克"（天津帮）。这条远在西北边陲的小街与天津杨柳青人有着百余年

伊犁拜都拉清真寺

的渊源。1876年（清光绪二年），时任陕甘总督的左宗棠，授命督办新疆军务并挥师西征，讨伐阿古柏匪军。阿古柏入侵新疆时，正值天津一带连年饥荒，兵祸不断。杨柳青受灾严重，人们纷纷外出谋生。于是，杨柳青人挑着货郎担，跟着左宗棠的大军做小生意糊口，并随着部队大营不断迁移，谓之赶大营。不想，这一"赶"就赶了1万多里路。战事结束后，仍然有大量的杨柳青人陆续来到新疆谋生。清军收复全疆时，杨柳青的货郎已遍布天山南北。这些从杨柳青来的商贩聚居在如今伊宁市的南市区，形成了一条繁华的商贸街，被伊犁人称为汉人街。后来，随着生活条件的改善，汉人街的杨柳青人后裔陆续迁出。汉人街上无汉人，也成了伊宁三大怪中最令人好奇的一怪。

现在的汉人街已然恢复了昔日的繁华。一路上目不暇接，各种小吃琳琅满目，工艺品五花八门。在一个拐角，几个制作精美、散发着维吾尔特有风格的铜壶闯入了我的眼帘。再向店里望去，各种各样、大大小小穆斯林风格的铜壶摆满了店铺。"太棒了！"我情不自禁地说。店主人闻声而出，是一个瘦高的维吾尔汉子，笑着说："要不要？我自己做的，真正的萨玛瓦。""你做的？"我兴趣大增，"现在伊宁会做这个的多吗？"他摇头："原始作坊制作的就剩我家了。""你能不能给我演示一下做萨玛瓦的整个过程？"他疑惑地看着我，犹豫了一下，答应了我的请求。

第二天早晨，我按他留的地址，向伊宁市的老城阿依东路一路寻去。老城极有特色，小巷弯弯，基本都是平房，一片宁静。每家的院门各不相同，上面的图案装饰五彩缤纷，门有铁的、木的、钢的，很有意思。来到他家门口，只见尼夏提笑眯眯地出来，请我们进去。铜制萨玛瓦是伊犁少数民族烧开水的茶具，功能和汉族人的烧水壶一样。在新疆，只有伊犁使用铜制的萨玛瓦，其他地方铁皮的居多。制作萨玛瓦选材非常讲究，要全部用红铜、黄铜，也有采用白铜的。整个制作工艺精细考究，外型美观大方。萨玛瓦分圆形或方形底座，具有省

制作萨玛瓦

燃料、水易沸等特点；不仅实用，而且精美的制作工艺也使其成为当地人喜爱的装饰品，摆放在窗台，令人赏心悦目。

尼夏提说他的手艺是祖传的，从爷爷开始到现在已经3代了。尼夏提的两个儿子如今也已是熟练工。父子三人团结协作，一天的时间也只能做一个，过程繁杂琐碎。制作工艺茶壶的原料是铜皮，它分为红、黄2种。红铜较软，易于打制成茶壶；而黄铜较硬，用黄铜打制茶徽章制作壶相对就要难得多。所以，红铜价格要比黄铜贵些，但红铜茶壶要比黄铜茶壶便宜得多。铜茶壶制作工艺很复杂，选料、制胎、铆接、刻花、打磨……工序繁多。尤其是在壶身上刻花，没有事先描绘的草稿，图案都在脑子里，是从心里出来的；边设计，边雕刻，刀刀见真功，一刀是一刀，刀刀相连，不能刻错。

尼夏提说，制作萨玛瓦主要分4个部分，第一步是将铜片围成圆形，放到火上煎烤软化后粘成圆形。第二步是制作炉盖，也要放置火上烤，然后敲打成圆形。这里最为关键的一步是敲砸铜皮，这也是最为细致的过程。锤子是自始至终必用的工具，小铁锤、小木锤一个也不能少。在砸铜皮的时候，不同的步骤要求用力力度不同。选准一端作为壶底部分，砸的过程中要用力均匀，否则会增加后面的难度（后面必定要花大量时间来补过）。而且壶身从下到上的铜皮要越来越薄，力度也应该越来越小。手工过硬的师傅一天才能做出一个茶壶来，所谓精工出细活。而且，他们做出来的茶壶，壶身的厚薄相当匀称，就像没有砸过一样均匀光滑。他们制作出的茶壶价格自然也就会高得多。壶身做好之后，就剩一些配件的制作。在壶嘴、壶底、壶盖和壶柄的制作中，壶嘴的制作难度最大。要把握好壶嘴弯出的弧度，还得靠经验。第三步是制作底座。第四步是抛光，用打磨机把铜壶打得锃亮。最后就是上色制成成品。完整的茶壶做出来之后，就该压花、雕刻了。不同宽度的扇旦姆（音译，类似于锥子）就派上了用场。可以雕刻上巴旦木花纹、清真寺的圆顶建筑或维吾尔文字，还可以根据顾客的需要，刻上名字或者其他祝福的语言。所有流程结束的时候，我也陶醉在尼夏挥洒自如的技艺里。民间风物中，许多手工艺都如庖丁解牛，充满了一种美的节奏。在这样的气场中，你会情不自禁地受到感染，成为美的享受者。

走出曲曲折折的小巷，再次来到熙熙攘攘的汉人街，看到那些摆得满满的金光闪亮的萨玛瓦店铺，不由深深祝福这民间的手工艺文化能继续流传下去。

蒙古包：草原上的移动宫殿

走进和静县，一路直奔巴音布鲁克大草原，此时正好是9月初。这个季节的草原不再葱茏，举目四望，遍地依然是风吹草低见牛羊，

蒙古包

而泛黄的秋草已经让牧民们抖擞精神,为冬日的储备开始愉悦地收割。这也意味着秋日转场宣告开始。山里不时出现驮着帐篷的驼队和羊群,把迁徙秋草场的气氛渲染得格外浓厚。这个季节的草原更多的是一丝冷峻和萧瑟,草原的旖旎和诗情画意更多融化在6月到7月的季节里。

  9月的草原如同孩子的脸庞,说变就变。或许刚刚还是艳阳普照,但转眼就会是秋雨绵绵,有时甚至是瓢泼大雨。这也使我不免担心,今天约好的蒙古帐篷制作是否可以看到。怀着忐忑不安的心情,我们走进了位于巴音布鲁克深处腹地的胡斯台口。这里是山中的狭小盆地。"这么多牛羊!还有马!"司机小马大喊一声。我们往窗外一看,真是壮观之极。满山坡的牛、羊、马悠闲地寻找和咀嚼着秋草,间或抬头懒洋洋地看我们一眼,继续着它们的早餐。但真正让我为之激动的却是山上高大的白桦林,在黄色秋草的衬托下显得葱郁而茂盛,如同大草原的保护神,神采奕奕,充满自信。

我们的向导——巴音布鲁克的王镇长下车看看天色后,回头笑眯眯地对我们说:"放心吧,今天的天气不会有问题。"这句话让我们顿时如同服用了定心丸。胡斯台口是秋牧场和冬牧场的必经之地,有多户蒙古人家在此生活。此时的胡斯台口,让我想起了古老的《敕勒歌》:"敕勒川,阴山下,天似穹庐,笼盖四野。天苍苍,野茫茫,风吹草低见牛羊。"诗歌里面提到的"穹庐"就是包括蒙古族在内的游牧民族的住所。正如诗中的描写,站在秋日的天山上,举目四望,草枯叶黄,苍茫悲凉。那时的感觉和青山绿水时是截然不同的,而蒙古人的奔放与柔情和草原的荣枯也是紧密相连的。

开始制作蒙古包了。制作人是朝鲁一家人。朝鲁是典型的蒙古汉子,身材不算魁伟,但绝对的敦实。制作蒙古包对他们来说是家常便饭。一年四季的转场中,这样的拆迁不知有多少回。在来之前,由于对蒙古包的制作历史进行了详细了解,因而说起来源对我们来说并不陌生。蒙古包是蒙古人的传统民居,也称"毡包"或"毡帐"。据《黑鞑事略》载:"穹隆有二样:燕京之制,用柳木为骨……可以卷舒,面前开门,上如伞骨,顶开一窍,谓之天窗。皆以毡为衣,马上可载。""包"是满语,意思是"家",蒙古人称之为"衣西合格尔"。蒙古包的搭建很简洁,选好地形,铺好地盘,然后竖立包门,支架编壁,系内围带,支撑木圆顶,安插椽子,铺盖内层毡,围编壁毡,包内顶衬毡,覆盖包顶套毡,系外围腰带,挂天窗帘,围编底部围毡,最后用毛绳勒紧即可。

朝鲁介绍说:"蒙古包由天窗、包顶、侧壁和门组成。包的骨干是木架做成的,包顶是用柳条编成的扇形椽子支撑起来的。"熟悉蒙古人习性的巴音布鲁克镇王书记笑着说:"制作的包顶在蒙古语中称为'乌尼'。中间用4根横撑子支撑起来的圆形天窗,称为'哈拉齐',白天透风透亮,夜间用专制的方毡覆盖,防风保暖。侧壁用皮绳串成柳条网,称为'特日木'。"朝鲁在家人的帮助下,先进行第一步,把

蒙古包内

乌尼和特日木结合处用细毛绳系紧,成为全架形。这个过程是比较漫长的,每个环节都要仔细绑紧,不能马虎。如果没有绑紧,那么柳条网就不会结实。朝鲁手脚并用,家人帮着扶网,半个小时后,干脆利索地干完了第一步。第二步要完成的是把包顶和侧壁都盖上羊毛毡,这个比较快。朝鲁抄起毛毡,一一搭好,把每个连接的缝隙处都用力拉紧,细心得像个女人。我在一旁不由笑了起来。朝鲁听见了,友好地朝我笑了笑,指指说:"这些地方不拉紧的话,晚上漏风,冻得很。"说完,抓紧干他的活儿。只见他用毛绳系住侧壁门的固定处,然后把木板门捆紧,围着蒙古包走走拍拍,看有没有松动的地方。仔细检查完以后,他过来对我们一点头:"好了!"我们不禁为他的利索伸出了大拇指,赞叹他的熟练技艺。

看着搭好的蒙古包,朝鲁给我们介绍说:"门一定要朝南或朝东南,和咱们汉族人一样。蒙古包一年四季都可随时随地搭建、拆迁,轻便、保暖、制作简便,也便于搬运,抵御风寒,适于游牧。一般的蒙古包高一丈左右,宽一丈二,就像我做的这个这么大。蒙古包的特日木越多,扇形椽子就越长,蒙古包也就越大。这种包,我们卫拉特蒙古人称为'拜拉格尔'。"在朝鲁如数家珍的介绍中,我们得以知晓更多有关蒙古包的知识。蒙古包规格的大小,是由每顶包所用的编壁的数量来决定的,如4扇、6扇、8扇、10扇、12扇、18扇、24扇等。包内摆设布置

祭敖包

有一定规矩和讲究。正中上方设佛龛，有佛像、经卷、酥油灯和供佛用的放在碗中的酥油、炒面、曲拉等。供桌和灶把蒙古包分成左右两侧，在两侧靠近"铁日莫"（木头做成的圆形围架）的地方放置箱柜、衣物和粮食等，覆以华丽的棉织或丝织壁毯。右侧靠门处放置木制活动碗架、炊具及柏木制打酥油桶等。包中央对天窗处是"托勒合"（铁制的锅支架），可使烟和蒸汽从天窗散出。包上方和左右两侧铺长方形地毯或毛毡，长者居上首，客人和家庭男性成员居左侧，妇孺居右侧。蒙古包内兼做卧室、客厅、厨房和储藏室，布置井然有序，宽敞整齐，充分运用了空间。

蒙古包最大的特点是冬暖夏凉。对此,朝鲁说:"我们蒙古人有句谚语说:'三九的严寒,会冻裂3岁牛的角。'但是,草原上的风雪和沙暴再大都不会使蒙古包塌落,奈何不了蒙古包。""这么厉害?"我们将信将疑。王书记看着我们怀疑的样子,认真地对我们说:"朝鲁说的是真的。这是因为蒙古包的设计确实独具匠心,考虑了环境和气候的因素。在设计上,以圆形为理念,无棱无角,呈流线形。包顶为拱形,避开了风力的直接承接;包身近似圆柱形,上下形成一个强固的整体,所以非常科学。"听到王书记把对蒙古包的赞美上升到了理论的高度,我们不由得频频点头。或许是我们的认可让王书记感到高兴,他用诗意浪漫的语言描述了蒙古包:"天寒地冻时分,蒙古包里温暖如春,可以架起炉子;赤日炎炎的夏日,打开顶毡,或是直接把围毡撩起来,八面来风,凉爽无比,而草原上的美景也可以尽收眼底。无论春秋冬夏,包内都会在马头琴的悠扬声中传来深情的歌喉。可以说,经得起风雪,抗得住大雨,耐得了严寒,守得住温暖。"

说话间,闻声而来的牧民们自动坐成了一圈,大家齐声高歌有关蒙古包的歌曲:"珍贵的檀香木做材料,工匠的巧手细装潢,吉祥的图案呈奇彩,祝福这哈那美丽无双。坚实的杜松做门扇,珍贵的沉香做门框,人人进出的门户呀,祝福这帐门结实光亮。"

热情已经点燃了胡斯台口,牧民们开始跳起了奔放的沙吾尔登。老老少少们鼓动我们舒展背膀,笨拙地行走在队伍中。这时的草原天高地阔,山青水绿。

皮编:编织哈萨克人的浪漫生活

布尔津县位于阿尔泰山脉中段西部南麓,准噶尔盆地北缘,县境北部及东北部分别与哈萨克斯坦、俄罗斯和蒙古国接壤,属于边境县。以旖旎风情闻名世界的喀纳斯风景区坐落在这里，吸引了无数的目光。额尔齐斯河和布尔津河贯穿全境，用清澈的柔软书写着诗意烂漫，伴随着哈萨克人在日出日落中吟唱着自己的生活。

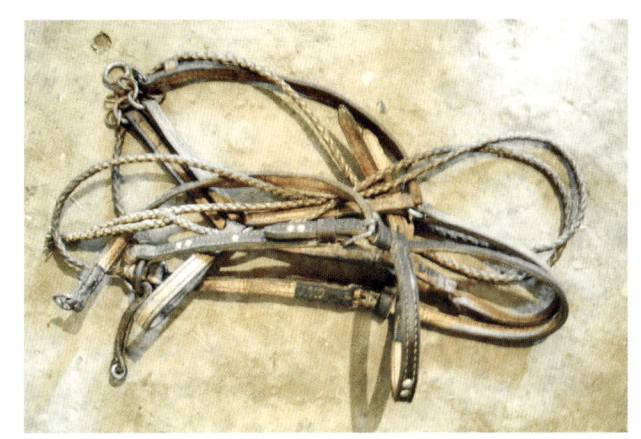

皮编

过着游牧生活的哈萨克人生长在美丽的布尔津草原上。无论是在"天苍苍，野茫茫，风吹草低见牛羊"的季节，还是在山青水秀、草长莺飞的时节，他们始终与山为伴，与水为友，在草原上驰骋，在草原上歌唱，在草原中繁衍生息。一顶帐篷就是一个丰富的世界，把哈萨克人的心灵演绎得丰富多彩。

4月，冰雪终于开始融化了。在县文体局和文化馆的积极协调下，我们终于到达了布尔津县冲乎尔乡。从县城过来，一路崎岖，好在这几日无风无雨，异常顺利。到达后，我们眼前一亮：冲乎尔乡的热闹出乎我们的意料，乡政府门前的十字路口满是商店，以河南人居多，人流不断。在这里，我们简短地做了休整，而后直奔本地知名的皮编传承人托台家里。

哈萨克人的家里，皮编无处不在。在任何一处，稍微用心，就可看到它们的身影。马和诗歌是哈萨克人的两个翅膀。马，是哈萨克人的伙伴，甚至是家里的一分子。他们对生活的热爱在马身上体现得淋漓尽致，很多皮编天然地就是和马在一起的。做成的皮编，如果拿马当模特的话，那么它身上的每一个部位都会让皮编得以尽情地展示。

与其说哈萨克人在用心保留着皮编，倒不如说他们是在保留着一个流动的世界。当逐水草而居的生活已经被限制得越来越小的时候，皮编就成为了他们连接祖先血脉的载体。

托台今年50多岁，算起来是第三代传人了。从爷爷别克苏里坦开始就精心制作皮编，现在不仅在冲乎尔乡妇孺皆知，就是在县城里也是鼎鼎有名。县文化馆已经为他们的皮编申请自治区级非物质文化遗产代表作，我们此行也正是为了完整录制有关皮编的制作工艺。托台的作坊是家里最外间的一间平房，看起来还是比较简陋。在新疆民间，这样简陋的房间并不妨碍精美的传统手工产品的出现，今天同样如此。作坊里挂满了皮编制作的马鞭、马鞍等，堪称琳琅满目。托台把准备工作全部完成后，为我们展示了制作皮编的工艺流程。

据托台说，首先是拿发酵的面，配上四五公斤面和好，再加入一碗盐，放进收来的牛羊皮中，晾上一天。其次，把奶酪水均匀地抹到皮子上，把皮子叠好，装进袋子里，然后在太阳下烘晒一星期。每天要把袋子翻个面，保证两面都能晒到。同时，隔3天打开袋子，在皮子上用水抹一次。晾好后，去掉毛即成原料。这些准备工作做好后，就可以进行制作了。

托台开始了第一步。他拿起皮子，先用塔勒合（揉革器）反复搓揉，使皮子柔软、展平。"这样做，后面的活儿就好做了。"托台揉好了皮子，抬头对我们说。下面的第二步就是割皮。只

皮编制作

见他把皮子一头固定好，让儿子抓住另一头，再拿小刀把皮子割成宽窄一样的十几个细皮条，然后把每一条搓擦挤出水分，再揉搓均匀，备用于编织。

正当我们看得入神，托台停下手中的活计，笑着说："第三步麻烦点儿，要将细皮条用烟熏至一周时间，浸入草汁，镀上绿色。这个过程比较长，今天来不及，所以我就用已经处理过的。"至于为什么这样做，用托台的话说，经过这样处理的皮编用品，色泽光滑，弹性强且耐用。

皮编制作

第四步比较简单，在皮条上压上条纹，去掉棱角，使其光滑，这样才能不伤马的皮肤。游牧民族从表面看粗犷、不拘小节，谁曾想到其实心细如发，在这些细小的方面非常注意。如此看来，他们是真正把马当作家里的一个成员的，否则，哪里会如此地精心呢？

第五步是进行皮编了。托台大手一挥，他的夫人也上阵了，用刚才的这些准备好的原料制作骑马用的马叉子、马笼头及缰绳，还有马鞍、肚带、绊绳和鞭子。这些都是和他们的生活息息相关的产品。

托台一家把皮编当作生活中的一件大事。尽管已经定居了，要种田耕作，但是，这个祖先传下来的手艺却没有丢掉。这也是一种民族符号。在农耕和游牧之间，或许他们选择的这种方式更加合理，既保持了自身的民族文化传统，还适应了新的生产生活方式。这种和谐来源于对文化多样性的认同，在今后，可视作游牧民族在向农耕生活转型过程中的一个值得大力推广的文化模式。

哈萨克作为游牧民族，长期的游牧生活历练出了彪悍豪爽的性格，这固然和广袤的草原有关。他们从往马背上驮东西，往马背上备鞍子的那一刻起，就开始了学习皮编技艺的过程。日月经天，江河纬地，漫漫岁月中，审美情趣的不断进步使皮编技艺不断得以提高，最终与哈萨克人的日常生活紧紧融为一体。这也代表着实用性和观赏性的组合达到了高度的和谐，共同释放出了哈萨克人对于美的追求和渴望。对于一个民族来说，有什么比追求美更能体现出一个民族的心灵呢？这同样是一种歌唱，是一种生活的创作。小小的皮编，和他们的服饰、骏马、冬不拉、诗歌一样，热烈芬芳，如同草原上的格桑花，开得满山遍野，芳香了整个布尔津，弥漫了他们生活的每一个地方。

喜利妈妈：记忆锡伯家族

10月的伊犁大草原，虽然没有了夏天的迷人气息，但空气中却多了一份别样的清新。怀着对锡伯人生活习俗的向往，我们一路风尘，来到了察布查尔锡伯自治县。

到了县城，我们从设在靖远寺附近的文物管理所看到了"喜利妈妈"，随后见识了整个制作过程。为我们展示制作工艺的是吴老先生。他以前是个喇嘛，前些年刚还俗。家里看起来很大，是一个典型的四合院，墙壁上挂满了新摘的玉米棒，在阳光下显示出家里的温馨和丰实。县文管所的老关也是锡伯人，深谙这个流程，自然就义务担当了下手。

喜利妈妈是锡伯人神圣的习俗，只有在大家族中才能举行，一般不对外人展示。这是一个家族的神圣仪式。"喜利妈妈"是他们祖祖辈辈相传的最原始女神的名字，是锡伯族保佑子孙繁衍、人丁兴旺的女神。"喜利"在锡伯语中意为延续，"妈妈"意为奶奶或女祖宗。平

新疆自治区博物馆藏锡伯族房屋内饰

时将喜利妈妈拢在一起,用纸包好,供奉在西屋内西北墙角上。每年除夕将喜利妈妈请下,把丝绳拉开,从屋内西北角扯到东南角,把绳的两端挂在房椽上,摆上供品,烧香磕头。直到农历二月初二,再将喜利妈妈拢在一起,用纸包好,放回原处。在没有文字的时代,喜利妈妈实际上成了锡伯人的家谱,是家族繁衍的标记。

"雪飘如蝶飞,驰骋共撒围。踏遍千万山,猎夫凯歌回。"这首古老的锡伯民歌,是锡伯人彪悍阳刚生活的生动写照。锡伯人是鲜卑人的后裔,锡伯是"鲜卑"的转音。历史上隋唐王朝的最高统治者杨坚、李渊都是汉族和鲜卑的混血,李世民的母亲长孙氏也是鲜卑人。据史料记载,锡伯人世居中国东北。在公元5世纪的南北朝时期,他们的祖先鲜卑部落就提弓携箭,飞马驰骋于呼伦贝尔、绰尔河、嫩江和松花江一带。

有关新疆锡伯人第一代祖先的历史是众所周知的。锡伯人从遥远

喜利妈妈制作

的白山黑水一路披星戴月，顶严寒，冒酷暑，历经近一年时间，到达伊犁驻防。起因则是18世纪清代大小和卓叛乱，引发边防空虚。为了保国戍边，清朝中央政府抽调强悍的锡伯官兵和达斡尔官兵驻防伊犁。锡伯官兵从沈阳出发的时间是1762年的农历四月十八日。为了记住这个历史性的日子，新疆的锡伯人把这天定为"西迁节"。在这一天，要举行隆重的纪念活动。这个活动已经被列入自治区级非物质文化遗产保护名录。西迁节，在我眼里，不只象征着和故土的血缘链接，也不仅仅是舍小家顾大家的高尚，而且是这个民族从血液里迸发出的舍生取义的慷慨激昂。1762年的那一天，在沈阳的锡伯族家庙——太平寺里，数千人举行了盛大宴会，欢送亲人远赴西域新疆。锡伯官兵当时为1020人，连同家属3275人，途中新添丁350人，加上自愿随军的405人，实际到达新疆的为4030人。途中的困苦艰难是难以想象的。他们经张家口、外蒙，越过杭爱山，到达乌里雅苏台，过阿尔泰，取道塔城、博乐，到达时间为1763年的农历七月二十日。据说，为了祈求人丁兴旺和一路顺利，西来的锡伯人无比虔诚地举行了喜利妈妈仪式。在锡伯人眼里，喜利妈妈是锡伯的护身符，因为有她的护佑，锡伯人才从白山黑水一路平安地到达新疆。

制作喜利妈妈所用的东西，要到本村人口多、辈数全的家户去找。要邀请家族中年纪最大、子孙满堂的人来制作。同时，要举行隆重的仪式，设酒席款待大家。

制作喜利妈妈，非常有讲究，要由吴老先生这样尊贵的长者来主持。在一条两丈多长的红丝绳上，系上小弓箭、小靴鞋、箭袋、小摆篮、铜钱、彩色布条、羊髀骨、木锨和木叉等，五彩缤纷，小巧玲珑。每个小物件都有深刻的含义：系上一个小弓箭，表示生了一个男孩，祝愿他成为一个剽悍的骑手；绑一个彩色布条，表示生了一个女孩，希望她成为一个贤妻良母；挂上一个小吊篮，象征娶一个好儿媳妇，盼望她早生贵子传宗接代；系上小靴小鞋，则是祈求子孙众多，香火鼎盛；绑上一把小木锨，表示祈祷五谷丰登、风调雨顺；挂上一块羊髀骨，意味着新一辈的开始。在两个羊髀骨之间的小弓箭、彩布条和吊篮数目，即是这一辈男子、女子和儿媳的数目。

关于喜利妈妈，有着古老的传说。相传在很久以前，锡伯人的先民们驰骋在黑龙江大兴安岭一带，游牧生息，繁衍子孙。由于没有文字，都是在岩石上记刻，而游牧生活的流动性使得记述在岩石上的信息无法携带，后来就刻在木头上。天长日久，木头因腐烂又容易丢失记刻的资料。一筹莫展之际，部落中一个聪慧的女人想出了一个办法：在房子里的对角斜拉一根线，表示家族的繁衍过程，生一个男孩，系一个小弓箭；生一个女孩，系一个小布条……于是，这个简单易行的办法很快在部落中得以推广，并流传至今，成为记录锡伯家族兴盛的历史活化石，保留着古朴的原生态，极具文化价值。

在吴老先生认真制作的当口，我们端起相机，忠实地把这千年之久的历史之绳无言地放进今天的镜头里。